朱太后秘録

1

私が
妃だなんて
聞いて
ませんが！

ただのぎょー

Illustration おの秋人

目次

第0章　朱妃、愛されないと宣言される。

「朕《ちん》が、爾《なんじ》を愛することはない」

夜の帷《とばり》の中、低く落ち着いた声が響く。しかし、その内容は朱妃《しゅひ》を困惑させるのに充分なものであった。

彼女が何度転がっても落ちないほどの巨大な寝台《ベッド》、その名を龍床《りゅうしょう》。武甲《ウージア》皇帝陛下はその上に横たわり、妃《ひ》の訪れを待っておられるのだ。朱妃はそう伝えられていた。

――起きてるじゃない！

皇帝陛下は寝台の枕のあたりに座っていた。そして彼女が寝台につくなりそう言い放ったのだった。

朱妃はあわてて寝台の逆端、足の側に両の膝をつく。絹の布団の肌触りはぬめやかで、羽毛は軽くて身体が沈み込んでいってしまいそうなほどに感じた。

――こうした場でなければその感触を堪能し、楽しめたでしょうに。

ちらとそんなことを思いつつも、彼女は寝台の上で平伏する。慌てた動きに柘榴《ざくろ》色の髪が闇の中で躍った。

沈黙が閨《ねや》に落ちる。作法としては皇帝陛下の次の御言葉を待つべきだっただろう。だが静けさに耐えきれず、朱妃は不敬と知りつつも問いかけた。

「瓏《ロウ》帝国の主たる武甲皇帝陛下に言上《ごんじょう》仕《つかまつ》ります。本宮《ほんぐう》に……寵《ちょう》をいただけぬということでございましょうか」

まだ少し覚束《おぼつか》ない帝国語で尋ねる。瓏帝国の言葉は彼女の生まれたロプノールの言葉や西方諸国の言語に比べて複雑で、特に宮中で使われる言葉は難解に過ぎる。

例えば一人称、自分を示す言葉が無数にあるのだった。皇帝であれば一人称は朕、後宮《こうきゅう》の妃であれば一人称は本宮などと。

「朱妃……、朱緋蘭《ジューフェイラン》と申すのであったな」

「はい」

武甲陛下が彼女の名をゆっくりと口に乗せた。

「面を上げよ」

朱妃は礼法《マナー》通り伏し目がちにゆっくりと視線を上げていく。長い睫毛《まつげ》の下に翡翠《ひすい》の瞳が覗いた。

彼女にまず見えてくるのは武甲帝の胸元、衣に金糸で施された龍の刺繍《ししゅう》。僅《わず》かに灯された明かりに照らされ、闇の中で浮かび上がって彼女を睨《にら》みつけているかのようだ。

さらに顔を上げていけば、まだ若く、端整で、しかし威厳のある皇帝の尊顔《そんがん》が見えてくる。

闇に溶けるような射干玉《ぬばたま》の黒髪は、光の塩梅《あんばい》か、艶《つや》やかに輝いていた。

「改めて告げる。朕が爾を愛することはない。故に抱くこともない」

その言葉通り、真っ直ぐ彼女を見つめる皇帝の視線からは色を感じない。その向かいに座る朱妃が一糸纏《まと》わぬ姿であるというのに。

肌の色は丁子《ちょうじ》色。瓏《ロウ》帝国人のそれよりも濃い色合いで、遠く離れた地から彼女が渡ってきたことを示している。

肌は染みひとつない瑞々《みずみず》しさで、胸元の双丘《そうきゅう》はまろやかな曲線を描いている。

しかし、朱妃はほとんど恥じらいを感じていなかった。

――もぅー……。正直、ちょっといらっとします。

彼女の頭を占めるのはほとんどが苛立ちと不安である。

「一つ、伺いたき儀がございます」

不敬を承知で翡翠の瞳と黒き瞳を合わせて尋ねる。皇帝は鷹揚《おうよう》に頷いた。

「許そう」

彼女は本日この瓏帝国は紫微城《しびじょう》の後宮へと入った妃なのであり、故に瓏帝国の皇室に伝わる儀式的な交合《こうごう》を行わねばならないのは分かっている。

中原《ちゅうげん》の歴代の王朝が伝えることによると皇帝とは乾《けん》、即ち天。一方の女たちは坤《こん》、即ち地。皇帝の交合とは天地《あめつち》の交わりを意味する儀式である。つまり少なくとも後宮入りして初めて皇帝と共にする夜は、宦官《かんがん》たちが見守る前で交わらねばならないことを意味していた。

ちなみに今夜の朱妃は後宮にあてがわれた屋敷で侍女の羅羅《ララ》に湯浴みで全身を磨かれ、化粧や髪結を施され……たところで宦官たちに押し入られたのだった。

彼らは敬事房《けいじぼう》なる皇帝の夜の務めを管轄する部署の者たちである。

朱妃は着ていた衣をひん剥かれ、全裸にされた。恥じらいはこのあたりが頂点であった。宦官、男の象徴《シンボル》を失っているとはいえ、元々男であった者たちに衣を剝がれたのである。

そして布団、緋色に金糸で凰《おおとり》の描かれたそれは立派なものが用意された。彼女はその布団に簀巻《すま》きにされ、二名の宦官たちに抱えられ、えっさほいさと後宮の壮麗《そうれい》な建物の間の回廊を運ばれてきたのだった。

その時の彼女は摩天《まてん》高地の砂狐《スナギツネ》の如く、遠くを見つめて動かぬ虚無の表情をしていたが、それもむべなることであった。

そうしてこの皇帝陛下が待つという建物、交合するため専門の宮であるここへと連れていかれ、その褥《しとね》にぺいっと投げ込まれて布団を剝がれたのだった。

——そして今になって『愛さない、抱かない』って。……もうちょっと何とかならなかったのかしら？　……ですが、これだけは尋ねておかねば。

「それは本宮が生国《しょうごく》、ロプノールを蔑《ないがし》ろにするということでありましょうや？」

彼女は遥か西方はロプノール王国の姫であったのだ。たとえかの地の王宮で疎まれ、物置が如き部屋で起居《ききょ》していたような姫であろうとも。

それでも一国の姫として、母国に瓏帝国の矛《ほこ》が向かうようなことは避けねばならない。それが彼女の務めであり、矜持《きょうじ》でもあった。

「否《いな》。過度な厚遇はしない。だが蔑ろにはせぬと皇帝の名に誓おう」

そこで彼女はそっと安堵《あんど》の溜息をつき、そして外気に晒《さら》されているが故か、緊張が解けた故か、一度ぶるりと身を震わせたのだった。

——やれやれですわ。まあ、これで最低限の仕事は果たしているということなのでしょうかね？

どうして彼女がこのようなことになっているのか。物語は数ヶ月前に遡る。

第1章　シュヘラ姫の物語。

「随分と景色も変わってきたわね」

　馬車の窓からあたり一面に広がる麦畑を眺めながら、シュヘラが何気なく呟く。彼女の翡翠《ひすい》色の瞳に映るのは、彼女が十六年の人生を過ごしてきた砂色の世界とは明らかに違う色だった。

　蹄鉄《ていてつ》と馬車の車輪が道を叩き、その度に椅子の下から振動が伝わってくる。

　シュヘラは、ほう、と溜息をついた。

「そうですね、姫様」

　馬車の中からそれに応える声があった。振り向けばシュヘラに幼い頃から仕える侍女のロウラである。

「ここまで来るのに駱駝《らくだ》で砂漠を越え、馬で荒野を走り、平原を馬車で揺られているわ。それでもまだ道は半ば。瓏《ロウ》帝国の都、玉京《ギヨクケイ》まで行くにはこの平原を抜けてさらに船に乗らなくてはならないんですって」

　シュヘラは自身の柘榴《ざくろ》色の髪を指先でくるくると弄《もてあそ》びながら言う。馬車の窓から差し込む光によって、それは紅玉《ルビー》のように透き通って煌めいて見えた。

丁子《ちようじ》色の肌、瓏《ロウ》帝国の民より少し褐色味を帯びた、灰色がかったやさしい黄赤色の頬が不満げな丸みを描く。

「ええ、姫様。そうして玉京《ギヨクケイ》の都に着いたら輿《こし》に担がれて紫微城《しびじよう》に入るのですわ。そこには姫様の夫となられる武甲帝《ウージア》がおわし、姫様の到着を今か今かと待たれているのです」

ロウラは夢見るような瞳で頬に手をやった。武甲帝の絵姿でも思い出しているのだろうとシュヘラは思う。確かに格好良く描かれてはいた。

再びシュヘラは窓の外に視線をやり、ほう、と溜息をついた。

──どうだかなあ。あーあ、結婚かぁ。

シュヘラは周囲の護衛にも、車内のロウラにも聞こえないように独りごちた。

──紫微城に入るっていっても、そこの後宮《こうきゆう》に沢山いる妃嬪《ひひん》の一人になるってだけだもの。

否やはない。仮にあったとしても決して口にしてはいけない。

この婚姻は王家に生まれた姫としての務めなのだから。

瓏帝国の皇帝に嫁ぐ。

ロプノール王国の姫であるシュヘラは齢《よわい》十六にして、そのための旅の途中にあった。

なぜ彼女がこうして長い旅をして瓏帝国まで嫁ぐことになったのか。直接的な切っ掛けは四年前に遡る。

大陸に覇を唱える瓏帝国。その先帝が崩御《ほうぎよ》されて新皇帝となったのは武甲帝。当時彼はまだ二十歳にも満たぬ青年だった。

若き皇帝の戴冠《たいかん》に周辺の諸国家の王には侮る者も多かったとシュヘラは聞いている。

だが彼は恐るべき手腕で乱れかけた帝国を纏め直すと、皇帝となった翌年には北方から瓏帝国に侵略してきた騎馬民族を打ち破り、翌年には南方、さらにその翌年には西方の諸国家へと親征《しんせい》を行った。

交渉と懐柔、時に恫喝《どうかつ》、そして武力行使。

幾つかの国家とは新たに和平を結び、幾つかの国や部族は滅ぼした。

瓏帝国の遥か西方にあるシュヘラの母国、ロプノール王国に武甲帝が率いる十万の軍が現れたのは去年のことであった。

ロプノール王、つまりシュヘラの父は瓏帝国の新帝即位の報があった直後、こう息巻いていたのをシュヘラは覚えている。

『若造に帝国の差配《さはい》が務まるか！　いずれ中原《ちゅうげん》は混沌とし、その時こそ余や近隣諸国は帝国に攻め入るのだ！』

だが王は荒野に整然と居並ぶ十万の兵と、彼らが掲げる軍旗が棚引くのを見て戦慄《わなな》いた。

そしてその先頭に翻る、北天の極星とそれを抱く龍の旗、即ち皇帝旗を見て即座に戦意を喪失させた。

下馬して頭を垂れ、忠誠を誓った、シュヘラはそう聞いている。

——まあ、父の判断は正しかったとは思うわ。あんなの絶対勝てないもの。

ロプノール王国は摩天《まてん》山脈と呼ばれる山々の北部に広がる高原と砂漠に位置する国。東方の瓏《ロウ》帝国と西方の国家を繋ぐ交易の拠点として栄えてはいる。ここが他国に占領されていないのは、そもそもどちらの国からも遠すぎるのと、環境が厳しいからである。

つまり、普通であれば軍を大規模に展開しての戦などできないということ。

一合も干戈《かんか》を交えずに降伏するとは。そう口では言う者もいたが、将兵たちは心の中では感謝しているだろう。

戦をすれば数多の死者が出る。そしてそれを遥かに上回る数の男が奴婢《ぬひ》となる。それも男の象徴を奪われた宦官《かんがん》として。

女もそうだ。紫微城《しびじょう》へと連行され、千とも万とも言われる後宮の花、妃嬪に仕える女官となり、女としての春秋をいたずらに重ねねばならない。

不機嫌なのはシュヘラだけである。

――だからって、私が武甲帝《ウージア》の後宮に入ることになるなんて……。

ロプノール王国は亡国となったわけではない。従属国となったのだ。

瓏帝国の皇帝を主と仰ぎ、その徳《とく》に感服し従い、数多の貢物を進貢《しんこう》する。皇帝はそれにより相手国の君主を狄《てき》ではないと尊重し、恩賜《おんし》として捧げられた貢物よりもさらに多くの返礼の品を与える。

これを朝貢《ちょうこう》と言う。

つまりロプノールにとって大いに得な話である。シュヘラもそれを聞いて胸を撫で下ろしたのだ。

『最初の進貢において文物と共に、王の姫君を一人寄越すように』

帝国の官吏《かんり》がそう言い出すまでは。両親が彼女を送ると決めるまでは。

馬車が石を踏んだか、がたん、と大きく揺れた。

――お尻いたーい。景色もーあきたー。チャイでも飲みたーい。

シュヘラは言葉を呑み込んで再び、ほう、と一つ溜息をついた。

シュヘラはふと、鼻を動かす。大気中の水気が強くなっているのを感じた。

「川が近づいているわ」

「そうですか？　であれば本日の昼に龍河《ロンガ》に着くはずですから旅程は順調かと」

ロウラは窓から外をちらと見るも、麦畑が青々と広がるだけである。川の近づく気配など分からないが、そう答えた。

ロウラは知っている。シュヘラには巫覡《ふげき》の血が強く発現していると。彼女は巫女《みこ》ではないが、鋭い知覚を有し、世界に影響を及ぼし……それ故に家族から疎まれていたのだと。

実際、それから一刻も経たぬうちに随伴《ずいはん》の兵から龍河に着くので下りる準備をと声がかけられた。

龍河。大陸を西から東へうねうねと蛇行し、東海《とうかい》へと流れ落ちる様が龍の如くであると。そしてひとたび荒ぶれば全てを押し流し、その流れる形をも変えるが故にその名が付けられたと。

そもそも瓏帝国において河とはこの龍河を示すための文字であるという。

「うわぁ……！」

平原に現れた上り坂は古代の王の治水の跡であった。土手に上り、馬車を下りて正面を見た時、シュヘラは思わず声を上げた。

視界の端から端まで広がる水。

岸には沢山の荷を積んだ船曳《ふなびき》、そして正面には大河に浮かぶ立派な木造船。その舳先、船首像には龍が躍り、皇帝の船であることを示していた。

船の前にはずらりと並ぶ官吏たち。

その先頭に立つ背の高い男がついと前に出て言う。

「ロプノール王国はシュヘラ姫とお見受けいたします！」

若く、力強い男性の声が大気を震わせた。

そして彼は手を合わせて腰を折り礼をとる。ロウラがそれに応えた。

「是《ぜ》。こちらにおわすがシュヘラ姫である。そなたは？」

「在下《ざいか》、瓏《ロウ》帝国は癸《キ》と申します。シュヘラ姫を玉京《ギヨクケイ》が主人の下までお連れすることと、その間の御世話を仰せつかっております」

シュヘラはゆっくりと頷いてみせた。

在下、自分を示す謙譲の一人称であったか。瓏帝国に嫁ぐにあたって、かの国の言葉には自分を示す単語が百もあると聞き、眩暈《めまい》がしたものである。

「出迎え、大儀《たいぎ》です。癸氏と御座船《ござぶね》を遣わしてくださった武甲帝《ウージア》に感謝を」

癸は再び礼の姿勢をとって立ち上がると、後ろの男たちに身振りで合図をした。彼らも一糸乱れぬ動きで礼をとると散開する。荷を検めるために。

シュヘラの背後には沢山の荷馬が連なっている。

それは瓏帝国への臣従を表すための進貢であり、ある意味ではシュヘラの輿入れ道具という扱いなのかもしれなかった。

シュヘラは正面の男を見る。瓏人の衣冠に特徴的である、束ねた髪を覆う冠。冠の下から覗く髪は艶《つや》やかな射干玉《ぬばたま》の黒であるが、どこか緑がかって見えた。

その下、猛禽類《もうきんるい》を思わせる意志の強そうな瞳は女性に向けるには少し強すぎるような気がする。

瓏人は髭《ひげ》を長く伸ばす者が多いが、彼はそうせず、黄色がかった白い肌を晒《さら》していた。

——官吏には見えないわ。

まず若い。瓏人はロプノールの者とは容姿が違うので比較が難しいが、それでも癸の年齢は二十代前半、どう多く見積もっても三十は超えていまい。

皇帝の君命を受けてということは彼はこの地方の官吏ではなく、中央の、科挙《かきょ》なる極めて難しい試験を突破した進士《しんし》であるはず。

あれは五十でも若いと言われる世界と聞き及んでいる。

——男性的すぎるし。

瓏帝国、というより歴代の中原を支配する帝国には特別な風習があった。

宦官である。貴人に仕える者、特に後宮の男は皆、殿方の象徴《シンボル》を奪われた者と聞くが、彼はとてもそうは見えない。

確かに髭を生やしていないのは中性的と言えよう。だがその顎の線や襟元《えりもと》の頸の筋肉はいかにも

男性的である。

　帝国の伝統的装束である瓏服《ロウ》は上衣下裳《じょういかしょう》――上半身の衣は首元に襟があり、袖は大きく膨らんだ形状、下半身は西方の女性が纏《まと》うスカートのように広がっているもの――であるため、身体がどうかは分からない。

　だがきっと筋肉質で鋼の如き体軀《たいく》であろうと思わせた。

　――そして何より覇気《はき》があるわ。

　覇気、あるいは武威《ぶい》と言おうか。

　巫覡の血が発現している彼女は感じる。

　癸《キ》なる男から感じるそれは、将である。それも十人長や百人長ではなく、千や万を束ねる者のそれであった。

「何でしょうか？」

　癸氏が問いかけた。

　シュヘラの頭部は色とりどりの布に、顔は薄い紗《ヴェール》に覆われている。だが翡翠の瞳が無遠慮に彼を見つめすぎたのだろう。

「いえ、なんでもございません。船に、案内くださいまし」

「お手をどうぞ」

　船に乗り込む際、癸氏が手を差し出した。

「ありがとうございます」

その上に手を乗せる。がっしりとした、硬く大きい手であった。

シュヘラは淑やかに見えるよう、背筋を伸ばし、ゆっくりと足を前に進めた。

しかし実のところ、船に乗り込むシュヘラの内心はおっかなびっくりというところである。

――こんな大きなものが水に浮くだなんて！

シュヘラが学問において学んだことによれば、理論上では大きさの問題ではないという。だが机上で学ぶのと実際に目の当たりにするのは、そして実際に体験してみるのは違う。

平民の家よりはずっと大きく、そこそこの屋敷ほどの大きさのものが川に浮いている。しかもそこにどんどんと荷物が積み込まれているのだ。

しかも彼女は初めて船に乗るのである。足元の板張りの床が僅《わず》かに揺れ、船体がぎしりと鳴くのは恐ろしいものであった。

この大きさの船というものをシュヘラは見たことがない。

彼女の出身であるロプノールは砂漠と荒野の間にある王国であり、オアシスの都である。

もちろん都を少し離れれば川も流れているし、放浪湖《ほうろうこ》という名の塩湖もある。ちなみに放浪湖とは季節や年によって湖の位置が変化するが故につけられた名である。

そこで採れる塩は交易路を行き交う人や駱駝の生命線であり、今回の進貢の品々の中にも放浪湖の塩がある。

だが、そもそもこの龍河《ロンガ》のような水量はなく、このような巨大な船を使うことはないのだ。

船の構造が気になるシュヘラはきょろきょろと首を巡らせては、侍女のロウラに袖を引かれる。

甲板や廊下は板張りで、戦での使用を考えてか一部は鉄《くろがね》で補強された無骨なものであった。

「まあ……！」

だが通された部屋を見てシュヘラは感嘆の声を上げた。

その床一面に精緻《せいち》な紋様の絨毯《じゅうたん》が敷かれ、壁は毛皮で覆われていたのだ。

「長い旅路、ご不便をおかけいたしますが、御二方にはこちらの部屋でお寛《くつろ》ぎいただければと」

癸氏は彼女とロウラにそう言った。

なるほど、寝台《ベッド》が二つある。主人と侍女が同じ部屋で寝ることは本来あまりないことではあるが、船という限られた空間でのことでもあるし、警備などの関係からでもあろう。

シュヘラはゆるゆると首を横に振った。

「不便などとんでもない。ご厚意に感謝しますわ」

癸氏は手を合わせて腰を折る。

「では在下はこれにて失礼いたします。しばらくお休みいただき、お疲れが出ない様子であれば、瓏《ロウ》の文化や紫微城《しびじょう》での振る舞いについてお話しできればと」

シュヘラは首を傾げた。

「あら、私は元気ですわよ」

癸氏はにっこりと微笑んだ。

「それはようございます。念のため、隣室には医官がおりますので、何かあれば部屋の前にいる兵に伝えてもらえれば直ぐに参ります」

そう言って癸氏は部屋を後にした。

その後、癸氏とは別の官吏が部屋まで運び込んでくれた荷物を引き取ったり、ロウラがその中身を確認したりしているうちに、シュヘラは船室の毛皮の手触りを楽しんでいたのである。

すると扉が叩かれた。

「はい」

ロウラが応じシュヘラが許可を出す前に扉が開いて、男が入室してきた。

なるほど、まだ出入りがあるから鍵を掛けないでいるようにと、シュヘラはロウラに伝えていた。

だがそれと勝手に入る無礼は別問題である。

彼は革鎧の上に外套《マント》を纏い、腰に剣を佩《は》いた武人で、頭には布を巻き、褐色の肌をした壮年の男であった。

彼はじろりと、毛皮張りの椅子に座るシュヘラを睨《にら》むように見つめる。

「タリムよ、何か」

シュヘラが硬い声で問うた。

タリムはロプノールの将の一人である。今回、この進貢と嫁入りの旅の護衛の長を務めていた。

「進貢の荷を積み終えたのでその報告を」

「大儀ですわ」

シュヘラは頷き、労いの言葉をかけた。だがその返答はさらに非常識なものであった。

「これを以て我らが部隊全員は、ロプノールへと帰還いたします」

「はあっ!?」

思わずといった様子でロウラが身を乗り出してシュヘラの前に立った。

「将軍、この先の姫の護衛はなんとするのです！」

「瓏《ロウ》帝国の兵がつくでしょう」

そうこともなげに言い放った。

あり得ない言葉である。確かにシュヘラの護衛には瓏帝国の兵や宦官がつく。だが万が一彼らが裏切った場合は？　両国の関係が悪くなった場合は？

瓏帝国の兵は彼女の身を拘束するだろう。

そもそもシュヘラが帝国の後宮に入るのは半分以上は人質のようなものである。その際、ロプノールは彼女を護らないと宣言するようなものだ。

「……ロウラ」

シュヘラが翡翠の瞳をロウラに向けた。それは毅然とした視線であるが、それでもなお揺れていた。

ロウラには分かる。

心優しき主人は、ロウラを死地に連れていかずに、彼女を国元へ返そうと言わんとしていると。

しかしそれは彼女にとって慈悲でもあり、残酷なことでもあった。

ロウラは咳払いを一つ、そして敢えて明るく声を出した。

「不肖《ふしょう》このロウラ、齢十にして親を失い、シュヘラ姫の側付きに選ばれてより早十五年。気付けばもう二十五の行き遅れにございます。国元へ戻れど孝行すべき親はなく、尼にでもなって遥か彼方の姫の無事を祈って無聊《ぶりょう》を託《かこ》つのみ」

通常、王の姫に侍《はべ》る側付きとなれば高位貴族の娘がつくもの。しかしシュヘラは疎まれた姫であり、その側付きに誰もなりたがらなかった。

故に下位の貴族令嬢であり、流行り病で親を失ったロウラが選ばれたのだ。

ロウラの言葉は続く。

「故に遠き異郷に姫が行かれるのであれば、箒《ほうき》とはたきでその露払いを。万に一つ彼の地で姫が追われるのであれば、鍋釜抱えて殿《しんがり》を、見事務めてみせましょう」

「ロウラ……！」

シュヘラは彼女の腰のあたりに抱き着いた。

タリム将軍は大きく響く舌打ちを一つ。

「勝手にするがいい。……御前失礼仕《つかまつ》る」

そう言って引き上げていった。

シュヘラとロウラはぷりぷりと憤慨しながら、馬革の水筒に入れておいた柑橘《かんきつ》水を飲む。そしてこれからの話をしているうちに船が出た。

ある意味でそれから半刻ほどは元気であったと言えよう。

「うぇぇぇぇぇぇ」

しかし部屋には苦悶の声が満ちたのである。

「げぇぇ……」

船は揺れる。揺れれば酔う。

とはいえ馬にも駱駝にも乗れるのだし、馬車にも乗ってきたのだ。そんなに酷いことはあるまい。

そう思っていたシュヘラたちは部屋の中でぐったりとしていた。

「うぇぇ……」

馬などの揺れとは異なり、水流によって全体がゆったりと揺れるのが合わなかったのか、それとも景色が見えず外気の当たらない密室の中で揺れるのが合わなかったのか。

「姫様……私はもうだめです……うぇっぷ」

「吐くならせめて盥《たらい》にしてよね……うぇっぷ」

それぞれの寝台の上で弱々しく声を漏らす。

少しすると中の様子をなんとなく悟ったか兵士が医官を呼んでくれた。

初老の禿げた医官である。顎にはひょろりと髭を蓄え、それを撫でながら部屋へと入ってくる。

「どれどれ、姫君。失礼しますぞ。ふむ、まだ吐いておらんし、薬を処方するほどでもなかろ。どれ、これでも口に入れときなさい」

そう言って医官は携《たずさ》えた小壺を漁り、横になっているシュヘラに赤茶けた柔らかい玉を渡した。

彼女はそれを口に入れ、しばしもごもごとしていると跳び起きた。

「酸っ……」

「ひょひょひょ、姫君は話梅《ワーメイ》は初めてかね」

話梅とは干し梅の菓子である。梅の塩漬けを砂糖液に漬けて干したものだ。

ロウラは医官とシュヘラを非難するような目で見ていた。毒見もなく口にするなどと思っているのだが、それを言う元気もない。

しかし、話梅を口に放り込まれると同じように跳び起きた。

「ちょいとはすっきりするじゃろ」

そう言ってから振り返る。

「姫君をもてなすのに毛皮を貼ったようじゃが、船に慣れている儂らにはともかく、慣れとらんのには獣臭《じゅうしゅう》が籠《こも》ってきついやもしれんな」

臭いなどほとんど感じはしない。だがその僅かな臭いが感覚を狂わせるのかもしれなかった。

扉の入り口には癸氏が立っていて頷いた。

「主上《しゅじょう》にはいずれそのようにお伝えしておこう。部屋には炭でも置くか」

――武甲帝《ウージア》にまで船酔いの話が伝わってしまうの？

シュヘラは恥じ入った。だが、船でまた別の妃嬪を連れてくることなどもあるかもしれない。そう考えれば文句も言えなかった。

「そうじゃな、揺れで倒れぬような器に小石くらいに砕いたものを盛るのが良いの」

炭は臭い取りに使われるものだ。

癸氏は外にその言葉を伝える。シュヘラからは見えないが、兵士か用人がいて炭を用意に向かったのだろう。

「ふむ、侍女殿は問題なさそうじゃが、姫君はもうちょっと診ておくかね。どれ、御手を失礼しますよ」

そう言って老医官はシュヘラの手や手首を揉みはじめた。

「ここが合谷《ごうこく》、ここが神門《しんもん》……」

医官の乾いた手指がシュヘラの張りのある肌をむにむにと押していく。

「気分はどうですじゃ」

いつの間にかシュヘラは吐き気がなくなっているのを感じた。これが瓏《ロウ》帝国で伝えられる経穴《けいけつ》というものかと驚く。

手を揉まれて胸の気持ち悪さが取れるとは！

「良くなりましたわ。お医者様は凄いですのね」

「ひょひょ、そうじゃろう。だがお医者様なんぞと呼ばれては尻のあたりがもぞもぞしていかんわい。陳《チン》のじじいとでも呼んでくだされ」

「では陳医官と」

うむうむと頷くと、陳はまた何か気分が悪くなるなどすればすぐに呼ぶようにと言い残して出ていった。

癸氏は炭の入った深皿を部屋の隅に置く。

「在下もこれにて。今日はゆっくりしていただき、お話は明日にいたしましょう」

そういうことになった。


夜のことである。

夕飯は部屋で粥《かゆ》を食すこととなった。油物は避けるべきだろうとのことで簡素な食事をと謝罪されたが、充分である。

シュヘラは感謝の言葉を告げた。

「美味しい……！」

シュヘラは匙《スプーン》を口に運んで感動の声を漏らす。

ロプノールは小麦の面包《パン》が主食である。ただ、交易都市ということもあり、瓏帝国南部やさらに南の諸国の主食である米も食べたことはあった。

シュヘラの感想としては白いぶつぶつしたもので特に美味いものでもない。しかも粥などは病人の食べ物であるという認識だった。

もちろん今船に酔っているシュヘラは病人のようなものである。文句を言うつもりなどなかったが、これはどうしたことか。

まず、粥が米の形がなくなるまで煮られていてさらさらとしているところも違うが、僅かに色付いているのは水ではなく出汁《だし》で煮ているからか。

湯気からは馥郁《ふくいく》とした香りが漂う。

シュヘラは改めて匙を粥に差し込み、混ぜ返すように掬《すく》った。粥の中に秘され、刻まれた具材が姿を現す。

赤は先ほどの梅。酸味が粥に溶け出して爽やかだ。爽やかさは緑の香菜《シャンツァイ》、黄色の生姜《しょうが》もか。

ぷりぷりとした食感は刻まれた海老《えび》だろうか。だがシュヘラは泥臭くない海老など初めて口にする。

この茶色くてこりこりとした食感のものは何だろうか。この黒い腐った卵のように見えるものは何だろうか。

「……ぷるぷるしてる」

だが食べれば臭みなどはまったくなく、ぷるぷるとして美味しいとしか言えぬものであった。

搾菜《ザーサイ》と皮蛋《ピータン》、彼女の終生の好物となる食べ物との出会いであった。

さて、一眠りして翌日である。朝食前に陳医官が様子を見に来た。

「おはよう、姫様がた。調子はどうかね？」

気さくな様子で問診する。

「すっかり元気ですわ」

シュヘラは微笑んだ。

「それは善哉《よきかな》。食事はどうかな？」

シュヘラの腹はそれに雄弁に答え、陳医官は呵々《かか》と笑った。若い彼女にとって、元気になれば、粥だけの夕飯では保たないのが道理。彼女は顔を赤くして俯《うつむ》いた。

「腹の虫が鳴るのも健康なればこそ。妃嬪は健康であることが何より大事じゃしな。しっかり朝食をとってもらいましょう。これから癸氏には元気であると報告しておくから、食後に訪《おとな》いがあるじゃろう」

そう言って陳医官は部屋を辞去した。

直ぐに食事が運ばれる。昨日の夕飯と同じ粥に、今朝は油条《あげパン》と点心《てんしん》、林檎《りんご》までついていた。

彼女はそれをぺろりと平らげる。

同室のロウラはお湯を貰い、主のために茶の用意までしてから、自分の食事に取り掛かった。

「ゆっくりお食べなさいな」

シュヘラはそう言うが、これから癸氏が来るというならそうも言っていられない。訪いまでに主の身嗜《みだしな》みを整えるのはロウラの仕事なのだから。

ロウラは癸氏を帝の側近と考えている。ここでの振る舞いや様子が武甲帝《ウージア》に報告される可能性があるとなれば、手を抜くなどとんでもないのだ。

と言ってもロプノールの正装は西方国家のドレスのように、胴を細く見せるために数人がかりで紐を引いて腹を押さえつけたり、瓏《ロウ》帝国の皇后のように髪を盛るのに一刻もかけたりはしない。

——皇后には梳頭《そとう》なんていう、髪に櫛《くし》を入れる専門の宦官がいたりするらしいですからね！

ロプノールの文化の系統としては遊牧民のそれに近い。代々受け継がれる布に精緻な刺繡《ししゅう》を加えていくなど、布の準備に関しては洋の東西を問わずどこよりも時間をかけているかもしれない。だが着付けそのものに関してはそこまで時間がかからないとも言えた。

着付けの後に唇に紅を乗せて、紗で顔を覆う。

そうして用意ができた頃、癸氏がやってきた。

彼は瓏《ロウ》服のゆったりとした袖の内で手を合わせて優雅に腰を折った。緑がかった射干玉の髪がシュヘラの前で揺れる。

「シュヘラ姫、御気分は如何でしょう」

「ええ、問題ないわ。良くしていただいて。そういえば今日は船がほとんど揺れませんのね」

昨日は出港してすぐに船が大きく揺れていたのだ。それもあって船酔いしてしまったのだと思う。

「ああ、龍の胴に入ったのでしょう」

シュヘラが首を傾げると、癸氏は彼女の向かいの座席につく。

「ではその話から始めましょうか。伝承によれば、神代《かみよ》の世界は混沌としていましたが、万象《ばんしょう》が五行《ごぎょう》の相を帯びたことで、青龍《せいりゅう》は東海に棲まうと定められました。ですが龍のうちの一体が西方の山脈で寝ていたといいます。慌てて起きて東へと急いでいる様が龍河《ロンガ》なのであると」

「まあ、ねぼすけさんですわね」

シュヘラは口元を隠して笑い、癸氏は頷いた。

「それ故に、龍河は上流を龍の尾、中流を龍の胴、下流を龍の頸、河口を龍の頭などと言うのです」

なるほど、一般に河は上流の方が流れが速く、また河底《かわぞこ》に大きな岩でもあれば、水流が乱れやすい。龍の胴に入ったとは中流に入ったということかと思う。

シュヘラは頷いた。

「特に龍の尾から龍の胴に入るところは龍の後脚と呼ばれる支流が合流するところです。それ故に大きく揺れたのでしょう」

――それなら龍の胴に入るところまで馬車で移動して、そこから船に乗るわけにはいかなかったのかしら？

そう思わなくもない。

とはいえ、馬車は馬車で尻が痛くなるので痛し痒しではあるが。

「主上のおわす、紫微城《しびじょう》は玉京《ギョクケイ》の都にあります。龍河の河口付近の北側に位置し、龍の瞳とも言われますね」

シュヘラはふむふむと頷いた。

「船を下りたら騾車《らしゃ》、騾馬《らば》に牽《ひ》かせる車に乗って玉京へ。市中では輿に乗って紫微城の後宮へ妃としてお入りいただくことになります」

ふむふむと頷いていた動きが止まる。

壁際に控えて話を聞いていたロウラも息を呑んだ。

「お待ちになって。今、妃と仰いましたか？」

「是」

癸氏は肯定する。

「私は嬪《ひん》として後宮に入ると伺っていたのですけど!?」

シュヘラは思わず立ち上がって声を上げた。

大商人が正妻と妾《めかけ》を持つように、皇帝の正妻とは皇后であり、後宮にいる妃嬪は規模は違えど、全ては妾のようなものだ。

ただ、規模が違うが故に、妃嬪のうちには明確な上下関係があった。

序列順に、上から貴妃《きひ》、妃、嬪、貴人《きじん》、常在《じょうざい》、答応《とうおう》、官女子《かんじょし》。

今回の武甲《ウージア》帝の親征においてはロプノール王国をはじめ、帝国周辺の各国から朝貢として姫を供させた。

それらはもちろん姫であるが故に下級には置けない。だが、一方で従属国の姫であるが故に最上位でもない。

序列三位にあたる嬪に置くと決まっていたはずだった。

しかし、癸氏《キ》は首を横に振った。

「シュヘラ姫は序列二位である妃になると決まりました」

「……他の国の姫も妃に置くということですか？」

癸氏は再び首を横に振る。

「否《いな》。シュヘラ姫のみが妃となります」

シュヘラの顔が色を失った。

後宮内での地位が高ければ良いというものではない。

分相応《ぶんそうおう》というものがあるのだ。

シュヘラはなんなら嬪よりも下級の妃嬪でも良いと思っていたのだ。それは彼女がロプノール王国で疎まれた姫であったために社交などの経験が少ないことや、自国から連れてくることのできた侍女がロウラだけであるということがその理由だ。

――それが……それが序列二位の妃ですって!?

シュヘラは瓏《ロウ》帝国の後宮に入ると決まってから、彼の地の言葉や後宮というものについて学んでいる。

歴代の皇帝たちがどれだけ色を好むかや、その時々の国家の力によって後宮の花の人数は大きく異なるようではある。

武甲帝の先々代の皇帝にあたる天碓《テンガ》帝が色を好んだようで、後宮が大いに拡大したと、そして先帝、天海《テンハイ》帝はそれを維持していたと。

だが武甲帝は即位してすぐに後宮の人員を整理するよう命じたと聞いている。妃嬪の数に制限をかけたのだ。

瓏帝国では陰陽を示す二とその乗数が縁起の良い数とされている。それに従い、
貴妃：二名
妃：四名
嬪：八名

貴人：一六名
常在：三二名
答応：六四名
官女子：一二八名

を定員としたと。

——それでも、正妻である皇后と妾である妃嬪を足して二百五十五人ってどうなのよ。

シュヘラはそう思わないわけではない。もちろん、後宮という巨大組織を解体することはできるものではないし、これまでの人数は千を優に超えていたというのだから、これでも武甲帝《ウージア》が改革の大鉈《おおなた》を振るったというのは理解しているが。

問題は、シュヘラをその最上位に近いところに据えようということである。

しかも他の従属国の姫より上に置くとなれば、それがいらぬ軋轢《あつれき》を生むのは火を見るより明らかであった。

「それは、分不相応です。御再考を！」

しかし癸《キ》氏はにべもなかった。

「否。これは勅令《ちょくれい》である」

シュヘラはがくりと項垂《うなだ》れた。

勅令、即ち皇帝からの命令であるという。何故だ。何故かは分からないが、決して覆《くつがえ》せないものであるということは分かった。

「お座りなさい。そして落ち着かれますよう」

癸氏にも同情することがあるのか、優しげな声をかけた。

話に興奮して立ち上がるのは確かに姫として相応しい所作ではなかった。シュヘラは深く息を吐いて気分を鎮《しず》めると、ゆっくりと座って、ロウラの淹れた茶を喫《きっ》する。

チャイである。

西方国家群や遊牧民などの間では、発酵した茶に乳《ミルク》を入れる習慣が普及している。

煮出した茶葉に大量の砂糖と乳、それと生姜や肉桂《シナモン》などの香辛料を入れるものだが、船上故に生乳が手に入らなかったとのことで、ロウラは蘇油《バター》を入れた蘇油茶にしていた。

小さな杯にはシュヘラの肌に似た色の液体が満たされている。

シュヘラの口に甘味と香気が広がっていく。甘みが強いので、一度に沢山飲むものではない。それ故に小さな器で飲む作法であった。

癸氏も武人らしき大きな手で杯を摑んで口にした。だが、瓏《ロウ》帝国には茶を甘味として喫する習慣がないためか、彼の口には合わなかったようだ。

一口喫すると杯を卓に置き、背後に控えていた官に声をかけて、文道具を卓に広げていく。

「さて、後宮入りに際して、貴女の名を決めねばなりません」

シュヘラは緊張して頷いた。

名を決める。つまり瓏帝国風の名をつけるということだと理解している。

西方国家のMcDonald氏が麦当芳《マイダンラオ》氏とかいう発音にされるアレだ。さらに東方の島だとマクドナルドなどと発音されるらしい。

——あんまり変な音にされないといいなぁ……。

「シュヘラ」

「シュヘラ」

「シュ……ヘラ」

癸《キ》氏の発する音と、シュヘラの発する音は似ているようでどこか違う。

そう言いながら癸氏は紙に筆を滑らせた。

彼女が見たこともない白くつるつるとした上質な紙に、墨が力強く文字を書きつけていく。

そこには『朱緋蘭』という文字が書かれていた。

「これでジューフェイランと読みます」

「じゅーふぇいらん」

——まあ近いような気はするわね。音も可愛く聞こえるし。

瓏《ロウ》の文字は表意文字である。彼女の母国や西方諸国とは異なり、文字の数が非常に多く、その一文字一文字に意味があるということだ。シュヘラも朱の字は知っていた。赤を意味する文字だ。

「こちらはそれぞれどういう意味ですか？」

癸氏は一文字ずつ指差しながら言った。

「赤く、赤く、美しき花と」

シュヘラはなんとなく照れ臭くなり、くねくねと身を捩《よじ》った。

癸氏は別の紙を取り、再び筆を走らせる。そこに『朱妃《しゅひ》』と書いた。

「そして名前から一文字を取ったものを妃としての名とする慣わし。よって朱妃、これがシュヘラ姫の後宮での呼び名となります」

シュヘラは、いや朱妃は頷いた。

こうしてこの日、ロプノール王国のシュヘラ姫は、瓏帝国の朱妃となった。

武甲《ウージア》皇帝の妃にして、後の世に朱太后《しゅたいごう》として名を残す女がここに生まれたのである。

第2章　龍河に揺られて。

朱緋蘭《ジューフェイラン》、朱妃《しゅひ》。癸《キ》氏によってそう書かれた紙が朱妃に手渡された。

力強くも流麗《りゅうれい》な文字の書かれたそれを眺めては、にひっと笑みを浮かべ、それを後ろにいるロウラへと渡した。

紙を受け取ったロウラがじいっと朱妃となったシュヘラを見つめる。朱妃はうんうんと頷くと癸氏に向き直った。

「こちらにいる私の侍女、ロウラにも瓏《ロウ》帝国風の名前をいただけますか？」

「ロウラ……ですか」

癸氏の鋭い眼差しが侍女の方へと向かい、彼女は僅《わず》かに身を竦ませてから首を垂れた。

癸氏の手が再び筆を取り、『楼羅《ロウラ》』と記した。

「この文字はどういう意味でしょうか？」

「高殿《たかどの》と薄絹《うすぎぬ》です」

「まあ、素敵ね！」

朱妃は振り返ってロウラの手を握り、喜色を露わにした。

癸氏は二人の仲睦まじい様子を見て笑みを浮かべるも、直ぐに表情を消した。

「だが……」

癸氏の声に朱妃は首を傾げる。癸氏の無骨で長い指が『楼』の字を指した。

「残念ながらこの名を登録することも名乗ることもできぬのです。瓏帝国のロウの音と、皇帝の象徴たる龍《ロン》の音。それらを名前に使うことはできない」

「まあ、なんてこと！」

「改名しろというのではありません。字《あざな》、通名を名乗れば良い」

朱妃はロウラと顔を見合わせる。通名と言われましても、と困ったようにロウラの眉根が寄っていた。

「瓏帝国ではどのような通名が一般的でしょうか？」

「……名前より一文字とって、その上に小の字をつけるのは一般的だが子供につける通名ですね。あるいは文字を重ねて言うか」

「ロウの字が使えないとなると……」

「小羅《シャオラ》か羅羅《ララ》か」

「羅羅、可愛いわ！」

癸氏は『楼羅』の横に『羅羅』と書いて、その紙をロウラに渡した。

「あ、ありがとうございます！」

「では両名がこの名で後宮《こうきゅう》入りする旨は伝えておきましょう。一旦ここまでとしますが、そちらから何か要望などありますか？」

「癸氏のお名前はどういう字を書かれるのですか？」

「在下ですか？」

癸氏は驚きを顔に浮かべ、朱妃《しゅひ》はその表情に若さを感じた。

彼は咳払いを一つ。

「いや、失礼。よもや自分のことを聞かれるとは思わず」

彼の手が筆を持つ。先ほどまでの字よりも幾分速く文字が紙に書かれていく。そこには『癸昭《キショウ》』とあった。

「癸だけではないのですわね」

「ええ、姓は癸、名は昭と」

「やっぱり意味がおありになるの？」

「癸とは十番目であり水にして隠《いん》を意味する文字、昭とはあきらかであることを意味する文字です」

「まあ、隠であるという印象はお受けしませんわ」

朱妃は不思議に感じる。初対面の彼からは将の如き気、男性的な力強さを感じたのだから。とはいえ姓なのだし、彼の気性とは関係のない話か。そうも思った。

癸氏はどことなくぎこちない様子で目を逸らす。

「在下のことは良いのです。そちら、何か困っていることは？」

「いえ、たいへん良くしていただいております」

朱妃が頭を下げ、羅羅もそれに倣《なら》った。

「それは重畳《ちょうじょう》」

癸氏はそう言い残すと、そそくさと部屋を後にした。

「羅羅」

「朱妃、いかがいたしましたか？」

朱妃が笑みを溢《こぼ》せば、羅羅も笑う。

「呼んでみただけよ」

「まあ」

そう言ってころころと笑い合った。

朱妃は自分が晴れやかで伸びやかな気持ちを感じていると気付いた。

「瓏《ロウ》帝国に住むことになる異国民は改名しなくてはならないじゃない」

「ええ」

「嫌がる人が多いって聞いてたのね。ロウラは羅羅になって嫌な気持ちかしら？」

羅羅は胸に手を置き、少し考えてから言う。

「いえ。嫌ではありません。ロプノール王国にもう戻ることもないでしょうし、癸氏は美しい意味の言葉をくださいました。姫様はいかがですか？」

「私はとっても嬉しいの。ロプノールで私は疎まれていたから、その時の嫌な想い出を捨てられた気がするわ」

そう言って浮かべた笑みに、羅羅の胸は揺り動かされた。

「姫様……」

それは仕える主の笑顔が自然なものであったことの喜びと、今まで主のそのような表情をほとんど見ることが叶わなかった哀しみであった。

「やだ、羅羅ったら。そんな顔しないで。嬉しいの、本当よ？」

「ええ、ええ……」

朱妃は羅羅の手を取った。

羅羅の瞳に涙が盛り上がり、朱妃は慌てて袖で彼女の目元を拭った。

「大丈夫、大丈夫よ」

こくこくと羅羅は頷き、懐から手巾《ハンカチ》を出した。

彼女が涙を拭うのを見ながら朱妃は思う。

沢山の荷物と共にやってきたけれど、それらは全て帝国への貢物。自分の財など、ちょっとした手荷物が少々と、仕えてくれるこの羅羅一人だけ。

紫微城《しびじょう》の後宮でこれから先、沢山の苦労もするだろう。特になぜか当初の予定の嬪《ひん》ではなくその上の妃《ひ》の位をいただくことになってしまったから。

でもそれは開けた運命だ。ロプノールの王城の片隅で、息を潜めて過ごすような日々とは違うのだと。

そんなことを思っていた時だった。

かたかた。

朱妃の手荷物が不自然な音を立てて動いた。

「えっ」

かたかた。

かさかさと荷物から音がする。

「きゃっ」

羅羅が朱妃を護るようにずいと前に出る。が、腰が引けている。

「ね、鼠《ねずみ》でしょうかね」

朱妃たちが船に乗るのは初めてであるが、船には鼠がよく出没するということくらいは聞いたことがある。

穀物が齧《かじ》られたり、遠方より遥々《はるばる》運んできた貴重な織物が駄目にされたりすることもあるのだとか。

――こんな立派な船にも鼠が出るのかしら？

この御座船《ござぶね》はこの龍河《ロンガ》に浮かぶ中で、最も立派で美しい船の一つであろう。

だが鼠にとっては関係のない話である。

ちなみに彼女たちが想像する鼠とは茶色く小さく乾いた砂鼠である。大きくて灰色で濡れそぼった溝鼠《どぶねずみ》と出会って悲鳴をあげるのはまだ先の話だ。

がさり、と荷物の袋が揺れ、隙間からするりと顔を出したのは、親指の爪くらいの大きさの頭。それは熾火《おきび》の如き赤を内包した黒い鱗に覆われていた。

尖った顎からちろりと橙色の舌が覗く。ぺたぺたと手足を動かして出てきたそれは小さな蜥蜴《とかげ》であった。

細く長い尾がくるんと弧を描いた。

頭から尾の先までの長さはおよそ四寸《すん》。少し大きめの家守《やもり》程度の蜥蜴である。

蜥蜴は首を上げ、朱妃に数珠玉《ビーズ》のような瞳を向ける。黄色い目に縦割れの瞳孔《どうこう》、猫のような目であった。

「まあ、ダーダー、あなたこんなところまでついてきてたの？」

朱妃は驚きに目を見張って言った。

「きー」

微かな鳴き声が、まるで返事をしているかのように聞こえた。

「まあ、お城の庭に置き去りにしたはずですのに」

「そうよねえ？」

話しながら朱妃は前に出て掌を差し出す。ダーダーと呼ばれた蜥蜴は何を考えているのか分から

ぬ瞳でしばし手を見つめていたが、のそり、と動いて朱妃の手の上に乗った。

蜥蜴の細い指が掌の上に踏み出されると、擽《くすぐ》ったさを覚え、朱妃は笑い声を溢しながら言った。

「ねえ、ダーダー。あなたがこれから行くところは砂漠ではないのよ？　私だって暖かいのか寒いのかすらよく知らないんだから。あなたが食べられるものがあるのかも分からないし」

蜥蜴は何も応えない。ちょうど朱妃の掌に収まるような大きさのそれは、もぞもぞと掌の上を動くと、母指球《ぼしきゅう》、親指の根元の膨らみを枕とするようにぺたりと顎をつけて、どことなく満足そうに動きを止めた。

「ダーダーは姫様のことが大好きですね」

「ふふ、そうなのかしらね」

朱妃は翡翠《ひすい》の目を細めながら、右手の中指でダーダーの背を撫でる。

「この子はね、私が生まれた頃からずっと一緒にいるのよ」

「ええ」

羅羅が何度も聞かされている話であった。実際にいつからこの蜥蜴が朱妃の側にいたのか、羅羅は知らない。

ロプノール王国で彼女がシュヘラ姫の侍女として仕えることとなった時、そこにはもうダーダーがいたのだ。彼女の部屋、碌《ろく》な調度品も置かれていない王家の姫のものとは思えぬ部屋、その窓際に棲《す》みついていたからだ。

「私が言葉も分からない頃からだぁだぁとこの蜥蜴のことを呼んでいたから、母様たちもこの子をダーダーと呼んで……」

それはまだ、彼女が疎まれていなかった頃の話だ。

その言葉が真実であれば、この蜥蜴はおよそ十五年の歳月を生きていることになる。朱妃も羅羅も蜥蜴の寿命に詳しくはないが、この家守のような小さな生き物がそれほど長く生きているとは不思議なものであった。

「召使いに箒《ほうき》で追い出されても戻ってくるし、私が部屋を替えた時もいつの間にか部屋にいたもの。この旅にもついてきちゃったのよね」

出立の前の日、朱妃と羅羅はオアシスから水の流れる王城の水路へと向かったのだ。ダーダーを放つために。わざわざ餌として蟋蟀《こおろぎ》や飛蝗《ばった》などの虫も捕まえて、それらと共に水路近くの草むらにダーダーを置いて、別れの言葉までかけたのだ。

その時の朱妃は泣いてこそいなかったが、涙を湛《こら》え、目元を赤くし、ぎゅっと手を握りしめていたのを羅羅は見ている。

「まあまあ、結局ついてくるのが分かっていたならあんな苦労して置いてくることはなかったですねえ」

羅羅はわざとらしく溜息をつく。

ダーダーとの別れのためにと、ダーダーが飢えないようにと、慣れぬ虫取り網を振り回して蟋蟀やら飛蝗やらを捕まえてきたのはなんだったのだ。実際そう文句の一つも言いたくもなる。

「ふふ、そうだったわ。手数をかけさせてしまったわね」

だが、今その赤黒い背を撫でて優しく笑みを浮かべる主の顔を見れば、そのような文句など霧散していくのであった。


朱妃はしばしダーダーと戯《たわむ》れると、紗《ヴエール》で顔を隠して肩口にダーダーを乗せて部屋を出る。

やはり部屋の中にずっといるのは気詰まりだった。

扉を開けた羅羅が扉の前に立つ護衛に告げる。

「姫様……朱妃様は少々外に出たいとのことです」

「はっ。この時間であれば甲板も忙しくはないでしょう。茶の用意は……」

「不要です」

御座船である。甲板には貴人たちが酒宴や茶会を行うための場所もあるが、朱妃はそこを使う気はない。ただ、ちょっとで良いから外の空気を吸いたい、それだけであった。

「お供いたします」

護衛の一人はそう言い、別の者は甲板の様子を見に行くのか、その場を離れた。

朱妃は護衛たちに感謝を込めて軽く頷いてみせる。

船室から甲板へと出る階段に差し掛かると、ひょろ髭《ひげ》の護衛ではない男が恭しく頭を垂れた。

「お手を失礼いたします」

手を差し出せば、彼はその手を取ってゆっくりと引きながら階段を上がる。

柔らかい手であった。

階段を上り甲板に出れば、雲ひとつない青空が広がる。朱妃は眩しさに目を細めた。

「妃様の手を取らせていただきました、奴才《ぬさい》は直《チイ》と申します」

男は少し高い声で卑屈そうに名乗った。

朱妃はぎょっとするもそれを態度に表すことなく頷く。

――なるほど、あれが宦官《かんがん》なのね。

男の象徴《シンボル》を切除したために男性的な要素が失われていくという。髭は生えても僅か、喉仏は発達せずに声は高く、筋肉はつきづらく脂肪を蓄えやすいと。

朱妃は武甲《ウージア》帝に嫁ぐ姫である。

故に火急の用でもなければ男である護衛が触れるわけにはいかず、宦官の手を借りねばならないのであろう。

――あれ、ということは癸《キ》氏はああ見えて宦官なのかしら？　船に乗り込む時に彼は手を差し出してくれたはず。がっしりとした手だったけど……なるほど、最近ちょきんと切っちゃったのかもしれないわね。

お可哀想《かわいそう》に。そのようなことを頭に思い浮かべていたが、その考えはさっと霧散した。

「わあ……！」

船縁《ふなべり》へと歩けば、目の前に絶景が広がっていたからである。

天は蒼天、地には岸すら見えぬほどに広大な、黄土色をした龍河《ロンガ》の河面。

船員たちが作業を止めて跪くのを申し訳なく思いつつも船尾側へと向かう。そこは階段となっており、再び直なる宦官の手を借りて上れば、後方に広がるのは緑の平原にうねる龍の尾。さらに遥か南西には摩天《まてん》山脈。

「すごいわ」

龍河の長さは万里《り》あるという。一般的に万とは数多であることを表し、万国といえばたくさんの国という意味であって万の国があるわけではない。だが、龍河は実際におよそ一万里の長さがあるのではと言われている。

ちなみに尺《しゃく》が五つ集まると歩《ぶ》になり、歩が三百六十集まると里となる。

朱妃の身長はちょうど五尺だ。羅羅が五尺二寸。背丈で負けているのが悔しいと彼女は常々思っている。

癸氏と会った時、彼が武官ではないかと思ったのには彼の身の丈のせいもあった。おそらく六尺を超えているのではないか。

西方の民にはもっと身長の高い民族もいるというが、瓏《ロウ》人としては立派すぎる体軀《たいく》である。ただ、巨漢という風ではなかった。服の上からも分かるほどに筋肉質ではあったが、脂肪がないのか鈍重さがないのだ。彼が従えていた役人たちはでっぷりとしていたというのに。

——ともあれ万里ということは、私が三百六十万人縦に寝転がれば龍河の長さになるわけで……。

朱妃は御座船の甲板に立ち、黄土色の河面を眺めながらそんなことを思うが、数字が大きすぎて何の想像《イメージ》も湧かなかった。

思わず紗を脱ぎ去り、肩掛け《ショール》のように肩に回した。丁子《ちょうじ》色の肌が眩しい光の中、露わになる。

「なんて雄大な」

彼女はロプノールの王宮で疎まれていたとはいえ、決して故郷が嫌いではない。あの乾いた荒野と砂漠。人は湖の周りに集まって住まい、そこを行き交う旅人たち。

だがあそこにいてはこのような雄大な景色を見ることはなかった。

「きー」

紗の下でダーダーが肯定するように鳴く。

朱妃《しゅひ》は勇気が湧き起こるのを感じた。遥か彼方の見知らぬ土地に嫁ぐのだ。不安は常にあった。

だが、従ってくれるロウラ、羅羅《ララ》と名を変えた忠臣がいて、こうして荷物に紛《まぎ》れてついてきた蜥蜴もいる。

「おや、船内を散策されていましたか」

景色に感嘆していた朱妃に背後から声がかけられる。癸氏《キ》であった。

朱妃が振り返ると彼は言葉を続ける。

「在下《ざいか》も外の空気が吸いたくなりまして」

さも偶然通りがかったような言葉であったが、先ほど護衛の一人がそちらに報告に行ったために様子を見に来たのだろう。

――ご足労をかけてしまったのかしら？

朱妃は礼をとる。頭を下げた時に思わず彼の下半身に目がいった。

――ちょきん。

赤面すると同時に笑いが込み上げてしまって顔が上げられない。

癸氏が近づく。

「……どうかなさいましたか？　体調が思わしくありませんか？」

声音に心配の色が交じる。朱妃は申し訳ない気持ちでいっぱいであるが、笑いを堪《こら》えていると身体がぷるぷると震えてしまって体調が悪いようにしか見えない。

「陳《チン》！　陳医官！」

癸氏が叫ぶ。

思わず手が伸びる。彼の袖を取って、俯《うつむ》きながらも首を横に振った。

「あ、あのっ、なんでもありませんのでっ……！」

「む……」

朱妃は袖を引く。癸氏の身体は小揺るぎもしないが、彼の困ったような声が頭上から聞こえた。

「ひょひょ、何を遊んでおるのかね」

陳氏の声である。

「ああ、陳医官。いや、妃が先ほど震えていたので、診ていただければと」

「わっ、私は元気ですっ！」

朱妃は慌てて否定する。陳氏はじっと朱妃を見て、満足そうに頷いた。

「うむ、船酔いも残っておらず、元気そうで何よりですな」

「ふむ、ではなぜ先ほどは震えて……」

――言えない、とても言えないわ。貴方の殿方の象徴がいつ、ちょきんってされたんですかと気になっていたなんて！

「せ、精神的なものですわ！　お構いなく！」

癸氏は疑わしげに朱妃を見つめていたが、諦めたように溜息をつく。

「まあ、元気なら問題ありません。これから後宮に入っていただくのですから、御身大切になさってください」

朱妃は恥じいった。

皇帝と閨《ねや》を共にする妃嬪《ひひん》たちの中でも上級の妃となる者であり、異国の姫でもある者を連れてくる仕事を癸氏は拝命しているのだ。

妃の身に何かあれば地位を追われ、首すら飛びかねぬ大役。体調をまずは気にするのも当然ではないか。

朱妃がそのようなことを思っていると、彼は背後の卓に手を差し向けた。

「ちょうど話もあったのです。天気も良いですし、折角ですのでここで話をしませんか」

その言葉は誘っているようであり、実質的には命令であった。彼がそう言いながら手を叩いた途端、卓の上には茶の用意がなされ始めたからだ。

船の後部甲板は高くなっていて見晴らしが良い。中央に置かれた布が退かされると、広い円卓が現れた。

癸氏に促され、二人は向かい合って座った。陳氏は癸氏寄りの席を選んだが、椅子を引き、少し卓から離れて座る。話には参加する気がないのだろう。

円卓に茶器が、器に盛られた菓子が並んでいく。朱妃はそれを興味深そうに眺める。後方に立つ羅羅《ララ》もである。

「こちらの茶器は見たことがありませんでしたか」

「交易でロプノールに入ってきたものを見たことはありますわ。ですが、ちゃんとした使い方を存じているわけではありませんの。その……沢山道具がありますわね」

そう言って朱妃は羅羅に視線をやった。彼女はしっかりと頷く。

卓上には無数の道具が並ぶ。例えば朱妃にも茶壺《ちやふう》くらいは分かる。急須《きゆうす》とも言われる独特の形状のもので、茶を抽出して注ぐためのものだ。小さくて丸みを帯びた朱茶色の焼き物だが、その側面には朱妃が見たことのない美しい花が描かれていて目にも鮮やかである。

だがその茶壺がなぜ台座に載せられて出てくるのかは謎である。美しく優美な曲線を描く円形の台座。つまり鑑賞しろということか。

杯も小さな茶杯とは別に背の高い杯があるのはなぜなのか。それ以外にも朱妃には用途の分からないものが沢山あった。

「はい、覚えさせていただきます」

「ではそこの女官。彼女たちに茶の淹れ方を教えて差し上げなさい」

「是《ぜ》」

女官は癸氏《キ》に、次いで朱妃《しゆひ》たちに頭を垂れ、雨雨《ユユ》と名乗った。

彼女は羅羅を近くに呼び寄せる。説明しながら茶を淹れてくれるようだ。

「朱妃、貴女が武甲陛下《ウージア》の寵《ちょう》を受けることとなれば……」

癸氏は雄大なる龍河《ロンガ》の流れに視線を逸らして言う。

「手ずから茶を淹れ、陛下の御心を慰《なぐさ》めることもあるでしょうから」

「ご配慮、ありがとうございます」

朱妃は感謝の言葉を口にした。

無論、彼女とてそれが極めて難しいことであるとは分かっている。規模を大きく減じたとはいえ、それでもなお紫微城《しびじょう》の後宮には二百を超える妃嬪がいるのだ。それとは別に皇后殿下もいらっしゃる。その中で寵愛を得るとはどれほどのことか。

二人が話している間に、羅羅が雨雨から指示を受けながら茶を淹れている。彼女にとっても初めて見る器具や作法であろうに、その手つきに澱みはない。

多くの器に湯を注ぎ、それから茶壺の中に茶葉を入れてから湯を注ぎ、蒸らす。

羅羅は口の広い水差しのような器を取り、蓋が簀《すのこ》となっている箱に湯を捨ててから、そこに茶を注ぐ。

「まぁ……」

朱妃は感嘆の声を上げた。癸氏は問う。

「何か気になりましたか？」

「器を温めるためだけに湯を使い捨てるという、瓏《ロウ》帝国の富に感嘆したのです」

「なるほど、砂漠の国では考えられぬ贅沢ということですか」

そう言う間にも羅羅は他の器の湯も捨て、朱妃の前に高さの異なる二種類の茶杯を置いた。

水差しのような器から背の高い方の杯に茶を注ぎ、その杯を手にして手の中で回してから背の低い杯に茶を移す。

「朱妃様、どうぞ」

羅羅はそう言って背の高い方の器を差し出した。

無論、中身は空《から》である。朱妃が覗き込めば、中には茶色の水滴が僅かに残るだけ。

朱妃は摩天《まてん》高地の砂狐《スナギツネ》の如く、遠くを見つめて動かぬ虚無の表情を浮かべた。

「……ふっ」

「ひょひょっ」

癸氏と陳氏が思わずといった様子で笑みを漏らし、雨雨は袖で笑い顔を隠したのであった。

癸氏は笑みを頬に残しつつ朱妃に言う。

「笑ってしまい失礼しました。貴女の従者は間違っていない。それは聞香杯《もんこうはい》といい、まずは香りを楽しむために使うものです」

癸氏は両手で器を持つようなふりをし、それを鼻の前で揺らす動作をした。

朱妃は顔を赤らめながら器を手に取り、その動作を真似る。

なるほど、高い杯の中に籠《こも》る馥郁《ふくいく》たる香りが鼻の中に広がっていく。

「どのような香りを感じますか？」

「なんでしょう……あまり嗅いだことがないものですが、なぜか懐かしい。……果実のような良い香りです」

癸氏は朱妃が砂漠の国の出身故に果実にもあまり詳しくはないかと得心した。実際のところはそれに加えて朱妃が冷遇されていて、ここ数年ほとんど果物を口にする機会がなかったからでもある。

「この茶は果香、特に桃の香りがすると言われますね。どうぞ、香りを楽しんだらそちらの茶杯を取ってお飲みなさい」

「桃の香り……」

記憶の奥深くから、浮かび上がってくる光景がある。熱を出して寝ている幼いシュヘラの口元に差し出される黄色く、甘い果実。差し出すのは心配そうな表情を浮かべた優しげな女性。母だ。

瑞々《みずみず》しく甘い果実を乾いた口に含んだ時のあの香り。

おそらくは十年は前の記憶だろう。あの頃は……まだ父も母も優しかった。

「きー」

肩掛けのようにした紗の下で、蜥蜴のダーダーが心配するかのようにか細い声を上げた。朱妃は紗の上から大丈夫との意を込めてそっと撫でてから茶を喫《きっ》した。

ふん、と陳氏が鼻を鳴らす。

「権威がために、やれ儀礼だ、やれ作法だと複雑になりすぎるんじゃ。奴才が若い頃には聞香杯などという器はなかったわい」

癸氏はその言葉に苦笑した。

確かに茶を飲んでいれば香りは当然感じる。朱妃としては香りのみを感じさせるための工夫と思ったが、この老爺の言うこともまた真実だろう。

不思議な人だ、あるいは不思議な関係の二人だと朱妃は思う。

陳氏は自分を奴才と謙《へりくだ》っているが、その口調や態度からはそうとは思えない。癸氏の方が地位が上であるのは明らかであるが、年上であることを尊重しているのか、対等な関係であるようにも見える。

「ところで其奴《そやつ》を紹介してはくれぬかね？」

陳氏は自身の首元をとんとんと叩いた。

ダーダーの留まっているところだ。

「聞こえたのですか？」

先ほどの朱妃自身にも聞こえるかどうかという鳴き声が、離れたところにいる老爺に聞こえたのかと、朱妃は驚きを露わにした。

陳氏はにやりと笑みを浮かべる。

「いや？　だが感じる」

朱妃が紗を捲《めく》ると赤黒い蜥蜴が現れる。陳氏は目を細め、癸氏は気付いていなかったのか驚いた様子だ。

「ダーダー、ご挨拶なさい」

「きー」

蜥蜴はぐいっと胸を張るように頭をもたげ、さっと左前足を上げて鳴いた。

「おうおう、賢いのう。陳じゃ、よろしくの」

陳氏は蜥蜴が好きなのか満面の笑みだ。一方の癸《キ》氏は驚きに固まっていたが、ゆっくりと言う。

「ああ、癸昭だ。なんとも賢い……家守か？」

ふふ、と笑みが漏れる。

「……真面目にご挨拶してくださるのが面白くて。どうなのでしょう、私は蜥蜴の種類には詳しくありませんの」

陳氏が応える。

「ただの家守のはずがあろうかよ。朱妃が生国《しょうごく》より連れてきたのかね？」

「連れてきたのではなく、ついてきてしまったのです、ねえダーダー」

「きー」

朱妃たちの茶会の話題は、ダーダーが荷物に紛れていたという話や、そもそもどうやって会ったのかなどというものとなった。

茶を喫し終えた頃、文官が甲板をこちらに向かって歩いてきた。

そして左手で右手を包むように拱手《きょうしゅ》し、深々と腰を折り曲げた。

「癸大人《たいじん》、お時間でございます」

――大人、ええと、年長者や徳《とく》の高い人物、官僚や将に対する尊称……で合っていたかしら。

癸氏は残念そうな表情を浮かべ、すぐに向かう旨を文官に伝えると、朱妃に向かって優しく微笑んだ。

「申し訳ありませんが、打ち合わせに向かわねばなりません。いや、楽しい時間は過ぎるのが早いものです」

朱妃は胸がとくりと跳ねるのを感じた。

彼は立ち上がりながら言葉を続ける。

「ああ、そうでした。そもそもこれを話すつもりだったのです」

「なんでしょうか」

「明日の昼、この船は停泊しますが、そこで別の妃嬪の方を迎えます」

――それ大事な話だったんじゃないかしら！

朱妃の内心での驚愕など知らぬというように癸氏は続ける。

「瓏《ロウ》国の北方に広がる大平原に住まう遊牧民を統べる一族。その王の娘、ゲレルトヤーン姫を迎えることとなります。同じ妃嬪として不和を生まぬようにお願いします」

――うわぁ……。

朱妃の心中に不安が湧き起こるが、癸氏の言葉は当然のことでもある。

彼女は立ち上がると、慣れぬ手つきで拱手して頭を下げた。

「畏まりました」

翌日である。御座船を停泊させ、陸には癸氏をはじめとした官吏《かんり》たちが居並んでいた。それは朱《しゅ》妃《ひ》がこの船に乗った日と同じ光景である。

違うのは彼女がそれを船上から見下ろしていることだ。

甲板に出て、遊牧民の姫の訪れを待っているのである。

ここからは癸氏の後頭部と背中が見える。瓏《ロウ》人の男性が被る独特な形状の冠は黒を基調に金で縁取りがなされ、その下から覗くのはどこか緑か青みがかった黒髪、そしてすっきりとした項《うなじ》である。

ふと、朱妃は空気が変わったのを感じた。川の上にあり、水気に満ちた空気が吹き飛ばされたような。だがそれが何故なのかは彼女には言語化できなかった。彼女の人生で感じたことのないものであったためである。

「しゅ、シュヘラ様」

羅羅が背後から主人の名を呼ぶ。慌てているのか、以前の名で。

「あ、あの、ゆ、揺れが！」

ここは水上であり、御座船は常に僅かに揺れている。朱妃は少し当惑し、そしてすぐに悟った。

龍河《ロンガ》の水面に波紋のような漣《さざなみ》がたっているのだ。

「地震？　いいえ、これは……」

彼女の耳が音を捉えた。

それは地響きである。それは連続し、遠くから近づいてくるものであり、漣と音はどんどんと大きくなっていく。

それが馬の駆ける音、それも無数の馬が駆けるものだと気付いた時、土手の裏から何旒《りゅう》かも数えられぬほどの旗が見え始めた。

それは片手で旗を掲げて馬を走らせている者を先頭にした騎馬の軍団であると朱妃は気づいた。

軍を見たことはあった。遊牧民族も、騎馬も見たことはあった。だが、朱妃にとって、軍が正面から駆けてくるのを見るのは初めてであったのだ。

「ひっ……」

羅羅が小さく悲鳴を上げ、朱妃も息を呑んだ。

無論、彼らはこちらを攻めようとしているのではない。空気を切り裂くような力強い号令と共に、一糸乱れぬ動きで騎馬軍団は止まった。

朱妃の生国ロプノールは交易の中継都市でもある。遊牧民たちも重要な取引相手であり、町には彼らの姿も多く、その装束などについて学ぶ機会もあった。

立ち襟《えり》で裾《すそ》が長い、デールと呼ばれる綿や毛皮の着物を帯で留めている。男は渋い色合いの茶や草色に染めたものを着込むが、格調高い正装は青である。

ロプノールの王城に招いた遊牧民がそれを着ていたのを見たことがあったのだ。

中央の集団だけが衣装を青で統一している。おそらくは、そこが今回瓏帝国に嫁いでくることとなった姫のいる部族なのだろう。

——ええと、女性は……？

女性の纏《まと》うデールは赤や鮮やかなものが好まれる。だが朱妃《しゅひ》の目にそういった人物は映らなかった。

ただ、下馬して前に歩み出る中に、一人だけ帽子の形状が違う人物がいた。男性の帽子は鍔《つば》がなく頭頂が尖った形状。女性のそれは頭頂や耳当ての部分から鮮やかな飾り紐を垂らしたものだ。

一人だけ、男物のデールを纏いながらも、女性の帽子を被る人物がいる。おそらくこれが遊牧民族の姫だ。目を凝らせば、彼女は金属や宝玉の飾りを多く身につけていて、それらが陽射しに煌めいていた。

しかし彼女は腰に剣を佩《は》き、背には矢筒を負っている。そして男たちの中を堂々と歩きながら、癸《キ》氏の前に立ち、拱手礼を受けた。

朱妃には分かった。それは勘ではなく確信である。

遊牧民の姫である彼女は女でありながら、武人としてこの騎兵たちを纏めてきた英傑《えいけつ》なのだと。

この時代、どこの国も政治や軍事は男が担うものだ。女は大切にされようともその地位は低く、自由はない。もちろん時には女王・女帝が立つこともあるが、稀である。

その中でも遊牧民の一族は男尊女卑の傾向が強いとされていた。尚武《しょうぶ》の気風が強く、馬に跨がれば千里を駆け抜け、弓を取れば飛ぶ鳥を落とすという彼らの兵の精強さは有名である。一方の女たちは織物や羊の世話、家事に育児と内向きの仕事についているという。実際、朱妃がロプノール王国で見たことのある遊牧民はほぼ全てが男性であった。

朱妃はなにもそれが不幸であると思っているわけではない。男には男の、女には女の幸せがあるというのは歴《れっき》とした事実である。

だが、例えば女が学問や武術を修めようと望んだとすれば、ほとんどの場合において門前払いされるのもまた事実であろう。

声は聞こえないが、癸氏に対して遊牧民の姫が堂々とした態度で言葉を交わしているのが見える。

――ああも力強く女性が振る舞えるなんて……。

癸氏が御座船を示した。どうやら船に乗り込んでくるのであろう。

遊牧民の姫が船を、いや、こちらを見上げた。

そして見上げる蒼の瞳が朱妃の瞳を射貫いた気がした。

蒼と翡翠の視線が交わったのは刹那《せつな》のことだ。

向こうが興味なさそうに視線をすぐに外したからである。

だが朱妃は雷に打たれたかの如き衝撃を受けた。

口を開けるが思うように声が出ない。朱妃は幾度か口元を震わせ、声を絞り出す。

「……少し、身体が冷えたわ。部屋に戻ります」

掠れた声が羅羅に届いたようだ。羅羅は軽く頭を下げ、手にしていた布を一枚朱妃に羽織《はお》らせた。

その布の下で、心配そうにダーダーが「きー」と鳴いた。

その後、朱妃は部屋に戻って籠り、鬱々《うつうつ》と丸一日を過ごした。

――彼女、ゲレルトヤーン姫は絶対に周囲の者から白い目で見られ、冷遇されていたはずよ。

朱妃は部屋に籠っていたが、羅羅から遊牧民の姫の名くらいは聞いている。

船には多くの草原の遊牧民の男たちが乗り込んでいた。

それは部族の姫を安全に帝国の首都、玉京《ギョクケイ》まで送り届けるという意志のあらわれ。

『これを以て我らが部隊全員は、ロプノールへと帰還いたします』

この船に乗った日、そう告げたロプノールの将タリムのことを思い出す。兵は誰一人としてここに残らなかった。

残ったのは侍女の羅羅一人だ。

「きー」

ダーダーが鳴き、寝台《ベッド》の上に転がる朱妃の頬をぺちぺちと叩いた。

——そう、それと、蜥蜴が一匹ね。

これを幸せと感じた日もある。一方でこうして鬱々とする日もある。どちらも本心であり、それは感情という札の表裏にすぎない。

——分かっている、分かってはいるんだけど……。

「はいはい、朱妃様。起きてくださいね」

羅羅が朱妃の身体を起こす。

「うー……いいのよ。誰も来ないし……。どうせ癸氏だって向こうのお姫様のところよ」

——私に朱緋蘭《ジューフェイラン》と、朱妃と名付けたように、彼女にもそうしているはず。ゲレルトヤーン姫はなんという名になるのかしら。

「あら、姫様ったら癸昭様に恋してしまわれました？」

ぼーっとした頭を羅羅の言葉が通り過ぎていく。

文官とは思えないほど格好良いですものね。そう続けられたところで朱妃は自分の言葉を理解した。

「ちっ……違うわ！　羅羅、違うのよ！」

朱妃は慌てて立ち上がる。突然の動きにダーダーが寝台の上を転がっていった。

「あら、違うのですか。残念ですね」

羅羅は笑う。

「いや、私は武甲帝《ウージア》の妃になって後宮に入るのよ!?　そんなこと言ったら首が飛んでしまうわ」

揶揄《からか》われていると分かっていても、朱妃としてはここは否定しなくてはならないところだ。

そして羅羅の思う壺で、朱妃はもう立ち上がってしまっている。

「ふふ、失礼いたしました。さ、お食事にいたしましょう」

卓上には蘇油《バター》茶の用意がなされている。羅羅は朱妃の肌の色にも似た液体を茶器に注ぐと、部屋を後にする。朱妃がそれを喫している間に膳《ぜん》を運んでくるのだろう。

朱妃は溜息を一つ。そして蘇油茶を口に運んだ。肉桂《シナモン》の香りが鼻腔に、たっぷり入れられた糖の甘さが口に広がっていく。

彼女の心中には複雑《コンプレックス》なものが澱《おり》のように積み重なっている。自分が呪われた子であるということ。それ故に家族の愛を失ったことへの悲嘆、失望、怒り……。

『お前のせいで！』

『貴女がいたからこんなことに……！』

記憶の中の家族が幼いシュヘラを責める幻聴が聞こえてくる。

「違う、私は何も悪いことをしていない……」

誰もシュヘラを信じてはくれなかった。そして離宮に幽閉された。

それは王の娘でありながら民のために動くことも叶わなかった不甲斐なさへと繋がり、逆にそれ故にこの朝貢《ちょうこう》において異国の皇帝に嫁ぐという役目を仰せつかることができたということでもある。朝貢の旅に出ること、人質の姫であるということ。そういった苦難を背負わされているのは事実だ。それでも朱妃は故郷を離れ、自分を知る者がいない地に旅立つことに喜びを感じてもいた。喜びを覚えていることへの罪悪感と共に。

それらの感情は普段は朱妃の心の奥底に沈澱しているものだ。だが、ゲレルトヤーン姫のような、自らの力でそれを撥ね除けたであろう存在にあてられると、ふわりと浮かび上がってきて心を乱すのであった。

溜息を一つ。そして茶をもう一口。

――単純なものよ。

そう自嘲する。

甘く、温かいものを口にすれば、それだけでもじわじわと不安は溶けていくから。何も、変わっていないのに。

その時、ばたりと扉が開き、羅羅が慌てて部屋に戻ってきた。

その手に膳はない。

「大変です、朱妃様！」

「どうしたの？　そんなに慌てて」

「ゲ、ゲレルトヤーン姫がこちらに向かっていると！」

びくりと朱妃の身体が震えた。羅羅は一度ぎゅっと朱妃の手を握ると、急いで髪を梳《くしけず》り始めた。

「ああっ、寝転がっておられたから寝癖がっ……！」

背後から悲鳴が上がる。彼女は茶器のもとへと向かい、薬缶《やかん》のお湯を布に湓して絞って戻ってきては、髪に当てた。

横で慌てられていると、逆に心が落ち着いてくるものだ。

朱妃は深く息を吐き、そして吸う。

――癸氏はこれをご存じなのかしら？

認めているなら問題ない。それは朱妃が対応すべきことということだ。認めていないのだとしたらこの扉の前の護衛が報告に行くだろう。朱妃はそう考えた。

手の震えは止まっていた。

扉が叩かれる音がする。

「失礼する」

女性の嗄れた《ハスキーな》声が扉の向こうから聞こえ、返答する間もなく扉が開かれた。

扉を開けたのはゲレルトヤーン姫の護衛であろう、精悍な風貌の男性。帯剣を許可されなかったのか武装こそしていないが、その引き締まった体軀や大きく硬そうな手を見れば武人なのは明らかである。

もちろん瓏《ロウ》国人でもない。北方の遊牧民と中原《ちゅうげん》の民は似た容姿であるが、彼は遊牧民族の装束であるデールを着込んでいたし、顔の肌が草原の風と陽に乾き、焼けていたからだ。

武威《ぶい》を感じる。

だが、その男の背後から腕組みをしてずいっと前へと歩んできた女性、ゲレルトヤーン姫にもそれを強く感じるのであった。

彼女を見上げて、朱妃は思わずひゅっと息を吞んだ。

女性である。

男物の青いデールを纏いながらも、その胸や腰の曲線は女性であることを雄弁に物語っている。

数多の金環や輝石による首飾り《ネックレス》や耳飾り《イヤリング》でその身を飾っているが、それよりもなお美しいのは彼女の蒼き瞳だ。そしてその髪は金糸、肌は白磁。

——西方人の血……。

遊牧民は騎馬と強弓で知られ、それは侵略と略奪に長けているということである。

つまり、彼女が遊牧民の姫であるというなら、その母はロプノール王国よりも北西にある国から拐《さら》われた、あるいは嫁がされた可能性が高いということだ。

女性として勿体なく感じることに、鼻のあたりなどには日に焼けたせいか雀斑《そばかす》が散り、頰には矢傷の痕があった。とはいえ、それは彼女の武人としての雰囲気をむしろ高めている。似合っているとも言えよう。

朱妃がそのようなことを考えていると、女性の嗄れた声がかけられた。

「突然失礼する。あたしはゲレルトヤーン。大集会《クリルタイ》において草原の百の部族を統べる汗《カン》と認められし、嵐《ショールガ》のシドゥルグ。その四女こそがあたし、シドゥルグの《シドゥルギーン》娘・ゲレルトヤーンだ」

瓏国語で話されていたが、一部の単語は遊牧民の言葉を使われたため、朱妃には分からないところもある。

——汗が王と似た意味の単語ということくらいは分かるけど……。

朱妃は立ち上がり、軽く頭を下げた。礼を失せず、謙りすぎないように。

「よくお越しくださいました、ゲレルトヤーン姫。ロプノール王国が王、ホータンの三女、シュヘラ・ロプノールと申します」

「ふむ、シュヘラが名であるかな。よろしく、シュヘラ姫」

朱妃は頷いた。

ゲレルトヤーン姫の名乗りは父の名を自らの名の前につける、遊牧民の名乗りであった。一方でロプノールでは個人の名が先で家名が後だ。また、ロプノール王国の直系王族は国名を苗字として名乗ることが許されている。

「羅羅、お茶の用意を」

朱妃は羅羅に茶の用意を命じて椅子へとゲレルトヤーン姫を誘った。羅羅は問う。

「畏まりました。どちらにいたしましょうか?」

どちら、とは先日甲板で喫した瓏《ロウ》帝国の茶か、蘇油茶かということである。あの茶会の後、練習用に瓏の茶器一式をいただいた。

ちらり、とゲレルトヤーン姫を見上げるように視線をやる。

「蘇油茶を」

「おお、蘇油茶がいただけるのか。有難い」

ゲレルトヤーン姫は笑みを浮かべた。屈託ない笑顔である。姫の所作としては相応しくないが、親しみやすく胸襟《きようきん》を開かせるものであるように朱妃は感じた。

「ゲレルトヤーン姫も瓏国のお茶よりも蘇油茶の方が親しまれているかと思いまして」

砂漠の民も遊牧民も茶の喫し方が似ていると伝えることで、朱妃は友好を示す。

実際、茶を喫している間の二人は道中の苦労など当たり障りのないことを友好的に話を進めていた。

ただ、視線が鋭いのが気になった。

それはゲレルトヤーン姫もそうだし、背後に控えている彼女の護衛の男もそうであった。朱妃は彼に茶を勧めてみる。

「護衛の方、貴方もいかがですか?」

「ビルグーンだ。不要」

にべもない。護衛が飲食を断るのは当然とも言えるが、断り方というのもあろうに。

どうにも友好を深めようとしている、そういった印象ではない。

「馳走《ちそう》になった」

コトン、と音を立ててゲレルトヤーン姫が卓上に茶器を置く。

「さて……シュヘラ姫よ。先にこの船に乗っていたあんたは既に瓏風の名をつけられたと思うがどうか？」

――やっぱりこれが本題よね……。

「ええ、癸昭《キショウ》様より朱緋蘭《ジューフェイラン》との名をいただきました」

「じゅーふぇいらん……しゅへら……近しい音の名をいただいたのか」

朱妃は頷く。

「ええ。ということはゲレルトヤーン姫はそうではないのですね？」

「ゲレルトヤーンとは氏族の言葉で『光り輝く』という意味の女性名だ」

そう言って彼女は自らの金の髪を摘んだ。

なるほど、確かに輝くような髪ではある。彼女は続けた。

「故にその意味を持つ瓏の言葉にしてもらった。光輝《クアンホイ》というらしい。故にこれからのあたしは光輝《こうき》嬪《ひん》だ」

「光輝嬪様……」

蒼い瞳が朱妃《しゅひ》を真正面から見据える。朱妃は無限の蒼穹《そうきゅう》に吸い込まれるが如き力を感じた。

「だが、あたしの先にこの船に乗った姫は嬪ではなく、その上の妃の位を貰ったらしい。どういうことか教えてくれよ、朱妃サマ?」

——ほら、やっぱりすぐに問題になったじゃない。もう!

朱妃は脳内で癸氏に文句を言う。

「私の意思ではありませんので、問われても答えかねます」

「へぇ?」

ゲレルトヤーン姫、光輝嬪《こうきひん》の視線がさらに鋭くなった。

「というより、……私も困惑しているのです」

朱妃はあえてゆっくりと、困惑を全面に押し出して言う。

「癸って野郎から言い出されたのか?」

野郎って……。朱妃はそう思いながら肯定する。

「ええ」

「断らなかったのか?」

「断れなかったのです」

「ふむ?」

「癸氏は勅令《ちよくれい》であると仰り、取り付く島もありませんでした」

光輝嬪はふん、と不満げに鼻を鳴らす。視線の圧が僅かに弱まった。

彼女は少し考えてから言葉を発する。

「皇帝陛下の命令だから覆《くつがえ》せねえ、そもそも陛下はここにはいねえから撤回もさせられねえってことか」

朱妃は頷く。光輝嬪は吐き捨てるように言った。

「だがなぜ朱妃、あんたなんだ？」

再び鋭い視線と共にそう問われ、会話が止まる。誰もその答えは持っていないからだ。

——そう、それが分からないのよね。

勅令であるということは癸氏がこの船に乗る前に、いや出航した後に早馬で届けられたのかもしれないが、とにかく朱妃を出迎えるより前に武甲帝《ウージア》が朱妃を他の民族の姫たちよりも上に置くと決めていたということである。

もちろん、癸氏が嘘をついているという可能性がないわけではない。

だが、二つの面でそれはないと朱妃は思う。

まず、嘘をつく意味がないということ。癸氏がここで朱妃を騙して何の利得があるというのか。

瓏《ロウ》国人の商人は嘘つきばかりだとロプノールの商人は言うが、それは利益を貪ろうとしているからである。また虚言癖のように日常的に意味のない嘘をつく人間も存在するが、そんな者が上級の役人になれるはずもない。

次に危険性《リスク》が高すぎること。異国人である朱妃ですら知っている。勅令、皇帝の命であると謀《たばか》ったのを知られれば間違いなく死罪であると。もし嘘だったとして、朱妃が玉京《ギョクケイ》に着いた後、ふとした時にこの話をしてしまったら？　流石にそんな愚は犯さぬであろう。

「あたしたちより西戎《せいじゅう》を重視するってのか？」

「北狄《ほくてき》の方が帝国にとってより脅威であり、結び付きを強めるならそちらを選ぶと思いますが」

侮蔑《ぶべつ》には即座に侮蔑で返した。北狄、南蛮《なんばん》、東夷《とうい》、そして西戎。これらは中原の民が四方を取り囲む、皇帝の権威にまつろわぬ異民族を蔑《さげす》んで呼ぶ時の表現である。

ふん、と光輝嬪は鼻で笑う。だが、口元には笑みが浮かんでいた。

朱妃の言うことは歴史的事実として正しい。そう彼女も考えるからだ。

帝国は古代よりしばしば遊牧民と衝突してきた。実のところ、中原を支配していた帝国のうち、瓏《ロウ》帝国の二代前の王朝は遊牧民たちの王朝ですらあった。

帝国がより強く懐柔すべきは北方遊牧民だろう。あるいはせめて対等に扱うだろう。そう光輝嬪も考えていたのだ。故に思わず朱妃のところに押し掛けたのだった。

「胆力はあるようだ。機転もきく」

「お褒めいただき光栄ですわ」

「だがあんたじゃ、あたしが天辺《てっぺん》取る敵にゃあならんな」

光輝嬪は自然に朱妃を下に見ているようであった。しかし朱妃はそれに怒りを覚える前に、その言葉に驚きを感じ、またそれを言える彼女に感嘆すらした。

「天辺を目指しますか」

「後宮に入るなんていうつまんねえ話でもよ。それでも入ったなら天辺取らなきゃならねえだろうが」

「しかし、私たち異民族では天辺、つまり皇后にはなれないでしょう」

これもまた歴史的な事実である。ロプノール王国よりもさらに西方の国家群では王族は他国の王族と婚姻を結ぶという。一方で中原の皇帝は一人である。故に異国の姫ではなく、自国の有力者の娘で容姿や教養、礼法《マナー》などに卓越した者を選ぶのだと。

少なくとも中原の王朝が瓏となってから、異国の姫を皇后としたことも、異国から嫁いだ妃嬪の子が皇帝となったこともない。

だが、光輝嬪は顔の前で手を振って言った。

「なれるかなれないかじゃあない。なるんだよ」

根拠もなければ論理もない発言である。だが朱妃はそこに小気味良さを感じた。そして、同時に劣等感がちくりと胸を刺した。自分には自信がないし、こう振る舞うことはできないと。

「ま、いいや」

そう言って光輝嬪は立ち上がる。自室に戻るのだろう。朱妃も見送ろうと立ち上がった。

「あんたが癸《キ》ってのを誑《たぶら》かして位階を妃に上げさせたのかと思ったんだが、違ったようだ。すまない」

「誤解が解けてなによりです」

蒼の視線が朱妃の頭頂から足元まで下り、再び上がって正面に戻る。

「ああ、あんたどう見ても傾国《けいこく》って身体つきじゃあない。邪魔したな」

光輝嬪は護衛を従えて部屋を出ていった。

朱妃、その身は小柄で、胸は慎ましやかであった。

ゲレルトヤーン姫、光輝嬪が部屋を出ていき、護衛の男にによって扉が閉められる。

彼女たちの足音が遠ざかっていったところで、朱妃は大きく溜息をつき、椅子に崩れ落ちるように座った。

羅羅が足早に近づいてきて、朱妃の手を取る。

「ご立派でした、朱妃様」

朱妃の手は震えている。

無理もない。羅羅はそう思いながら主人の手を摩《さす》った。

「無様《ぶざま》を……晒《さら》さずにすんだかしら」

溜息交じりの声が漏れる。

「ええ、それはもう」

荒事になど慣れていない大半の女性にとって、いや男性もそうであろうが、正面から将たる人物の威圧を受けて、それを感じさせずに渡り合うというのは極めて困難なことだ。

実際、羅羅は蘇油茶を淹れた後、全く身動きが取れないでいた。従者という立場上、話に介入してはいけないにしてもだ。

朱妃は決して胆力のある人間とは言えない。むしろ冷遇されていたが故に自己評価は低く、社交の場数も踏んでいない。

それがどうして光輝嬪の威圧に耐えられていたかと言えば、これもまた冷遇されていたが故に、悪意に晒され慣れていたからでもあるだろう。

羅羅は頭を下げる。

「ロプノールの姫として相応しい振る舞いでございました」

そう、それ以上に一国の王族であるという矜持《きょうじ》があった。そして、朱妃自身も話し終えた今気づいたことだが……。

――私は、自分が妃であるということにも支えられた。

癸氏から突然言い渡された話である。

あれを良かったなどと言う気はない。そもそも妃とされたから光輝嬪に絡まれたのは間違いないのだ。

――でも同格の嬪同士として会ったとして、挨拶を受けた時に恫喝《どうかつ》されていたら。……もしかしたら心折れたかもしれない。

朱妃はなんとか上手く切り抜けたと胸を撫で下ろす。そして、そこにあまり起伏を感じないことに再び落ち込んだ。

『あんたどう見ても傾国って身体つきじゃあない』

光輝嬪の去り際の言葉が頭の中で反芻《はんすう》される。

光輝嬪は金髪の異貌《いぼう》であった。

それに加えて、その男勝りの性格や武勇、傷や日焼けの痕。好まぬ男性もいるだろう。

だが、遊牧民の纏うデールは厚手で体形の出づらいものであるが、それでも光輝嬪の胸は豊かで、腰から太腿にかけての曲線は肉感的であると分かるほどであった。

歴史的には、瓏《ロウ》国人は小柄な女を好むという。

特に足の小さな女が好まれ、纏足《てんそく》などという奇習が存在していたと知っている。幼いうちから足の指を内側に折り畳み、靴に押し込めて作る小さな足を三寸金蓮《さんずんきんれん》などと呼んで貴ぶとか。

三寸って……嘘でしょ？　朱妃もそう思ったものだ。

幸い、現代では不健康な習慣であると禁止令が出て下火となっているらしいが……逆に肉感的な女性が好まれるとも聞いていたのだ。

ロプノールの地に入る噂で遠く玉京《ギヨクケイ》は紫微城《しびじょう》に座す皇帝陛下の女の趣味を推し量ることなど無意味なことと分かっていても、それが自分の運命を大きく左右するとなれば気になるのもまた当然であった。

そのようなことを考えていたら再び扉が叩かれる。入ってきたのは癸氏《キ》であった。

「失礼、遊牧民の姫君、ゲレルトヤーン姫がこちらにいらしたと聞き及んだのですが、何か問題は起こりませんでしたでしょうか？」

精悍な顔立ちに眉根を寄せて、こちらを心配し、憂慮《ゆうりょ》しているという表情を浮かべている。

「ええ、光輝嬪がいらっしゃいました。でも何も問題なんてありませんでしたわ。ねえ？」

「は、はいっ」

朱妃は最後に羅羅に問いかけ、彼女は肯定した。

睨《にら》まれ、威圧されただけである。

だ。

「それは善哉《よきかな》」

癸氏は笑みを浮かべた。朱妃は内心で舌を出す。

心配しているふりをしているが、明らかにこの邂逅は癸氏がわざとかち合わせるように仕組んだのだ。

のだ。

そもそもこの船中での安全を期するなら、シュヘラが妃であると伝える必要なんてなかったはずだ。

──悪い男。顔は良いけど。

つまり朱妃が、あるいは光輝嬪がどう振る舞うか、どう対処するかを癸氏は試しているのだ。

ぐーーー。

安堵したためか朱妃のお腹が鳴った。結局、来客のため食事をとり損ねているのであった。

羅羅が居た堪れない表情を浮かべ、癸氏が目を逸らした。彼の口角は上がっている。

──胸はないわ、お腹は鳴るわ……最低っ！

はあ、と溜息を一つして、何もなかったように言葉を紡ぐ。

「癸昭様」

「……ふっ……なんでしょう」

笑いが堪えきれていなかった。

「私に中原の、後宮の礼法を叩き込んでくださる教師を直ちに派遣していただけますでしょうか」

朱妃はこれが何の手札も持たない自分がその身を、心を守る唯一の手段であると確信している。

癸氏は満足そうに頷き、拱手して深く腰を折って礼をとった。

「御意にございます」

こうして以前、癸氏と甲板で茶を喫していた時に、羅羅に茶の作法を教えていた女官、雨雨が派遣されることとなった。どうやら元より、そういった役目を負っていたようだ。

こうして、朱妃は船が玉京《ギョクケイ》近郊の港に着くまでの間、礼法を頭に、身体に叩き込んでいったのだった。

そして、物語の舞台は紫微城《しびじょう》へと移るのである。

閑話１　癸氏、密談す。

朱妃《しゅひ》たちが御座船《ござぶね》に乗ってすぐの頃である。

彼女たちが船酔いに倒れて陳《チン》医官の診察を受け、粥《かゆ》に舌鼓を打っている時だ。

癸《キ》氏の部屋にふらりと陳医官が現れた。彼は部屋の壁際へと寄り、拱手《きょうしゅ》礼をとる。

癸氏は船長と御座船の運行について話をしていたが、それをすぐに切り上げた。

「では船長、船の位置を通常に戻してくれ。以上だ」

「御意」

そして背後に控えていた護衛に言う。

「下がれ。また別命あるまでこの部屋に誰も通すな」

「はっ」

こうして部屋には精悍な青年と、飄々《ひょうひょう》とした老爺一人が残される。

頭を下げていた陳氏に癸氏は笑ってそれを止めさせた。

「すみません、老師に頭を下げさせるなど。もう部屋に人はいませんよ」

陳氏は頭を上げると気配を探り、聞き耳を立てている者がいないことを確認する。そうして「うむ」と言いながら癸氏の向かいの椅子に勝手に座った。

癸氏は早速本題に入る。

「陳医官、いや陳道人《どうじん》。シュヘラ姫はいかがでしたか」

「ひょひょ。彼女は良いですぞ。奴才《ぬさい》が観るに、あれぞ陛下の求めていた女性に他なりませんな」

癸氏は陳氏を老師、道人と呼んだ。つまり彼は医官ではなく道士かその類であるということである。

「そうか……ついに」

癸氏は感慨に目を瞑《つむ》った。

「しかし酷い策略であるな。女《おなご》一人の体調を崩すためだけに部屋に貂《テン》の毛皮を敷き詰め、船をわざと揺らすとは。金と権力のある者は考えが違う」

貂の毛皮といえばその滑らかな肌触りから珍重されるものだ。貂を二人組で狩るなという言葉もあるほどである。金欲しさに狩人同士で争うこととなるからと。

そして船をわざと揺らすとは、わざと支流が合流する場所の近くや、水深が浅く流れが乱れるところに船を通らせていたということである。

しかし癸氏は平然と答える。

「結果が得られればそれで良い。事実、陳道人は陳医官として自然に彼女に近づくことができ、彼女の相を余すところなく観ることができたはずだ。具体的にはどうでしたか」

癸氏は続きを促す。

診察のために顔を覗き込み、船酔いの治療のために点穴を押している。

それは実際に効果のある治療行為であったが、それは人相、手相を観るためでもあったのだ。

陳氏は言った。

「痩《や》せておるが、ありゃあ良い顔をしている。もう少し肉がつけば別嬪《べっぴん》さんになるの」

「そういうことを聞いているのではない」

「いやいや、大切なことじゃろう。後宮《こうきゅう》に入り寵《ちょう》を受けるはずのおなごが不細工でなんとする」

「華やかさには欠けているがな。まあ、可愛いとは思うが……」

陳氏はにやりと笑みを浮かべ、癸氏は憮然とした顔をした。陳氏は続ける。

「ひょひょ。ま、天中《てんちゅう》から地閣《ちかく》まで、どこを見ても天命を受けし者の相をしておるのは間違いなかろうよ。その割にちょいと幸薄そうなのは気にかかるところじゃがな」

天中から地閣とは額の生え際から顎先までということである。つまり、顔の全てが天に何らかの使命を受けた者、人の世で言えば歴史に名を残すような者であることを示していると言っているのだ。

癸氏は頷く。

「手の者の調査によれば彼女は生国《しょうごく》で冷遇されていたというので幸薄そうなのはそのせいかと。それこそ肉付きが良くなれば幸薄さも減じるのでは？」

「では大切にしてやると良かろ。後は言うまでもないが万人に一人もおらぬほどに火行《かぎょう》の強き力を秘めているのを感じたのう。よくあれで巫女《みこ》などにならなかったものだ」

世界は陰陽と木・火・土・金・水の五種の気の交わりによって成り立っているという。その五つの気を五行《ごぎょう》と言った。

シュヘラ姫はその火の力を強く有しているというのだ。そしてそれこそが探している人物であった。

「てっきり探し人は南征で見つかると思っていたが……」

「ひょひょ。個人の帯びる相は四神相応とは関係がないのう。確かに朱雀《すざく》は南方を守護する聖獣で火行を象徴するが、火の相を有する者は世界のどこにでもおろう」

それはそうだと発氏は頷く。

「しかし老師がそこまで仰るのだ。それであればシュヘラ姫は嬪に置くのではなく妃とすべきか」

「おや、異国の姫君たちは全てを嬪として後宮に入れるのではなかったかね？」

妃嬪《ひひん》は、あるいはそもそも後宮とは皇后の管轄下にある。無論実態としては宦官《かんがん》たちが動いているが。そしてこれは皇帝であろうとも介入できないものであった。

例えば選秀女《せんしゅうじょ》の儀。数年に一度、国内の若く、美しく、教養ある女たちを集めて妃嬪とする儀式であるが、これの最終面接は皇后殿下その人が行うのだ。

だが、今回に関してのみは違う。

これは親征《しんせい》という軍事であり朝貢《ちょうこう》という外交の一環である。つまり軍部や官僚が主導して動いているのだ。

もちろん現在、妃の席に空きがあるという状況があってのことではあるし、帝都に戻った後に問

題となろう。

　だが癸氏《キ》がシュヘラ姫を妃としてねじ込むことが可能な機会でもあった。

「ええ、だがどうせ後で妃嬪の階位を上げるなら、最初から上に置いた方が手間がない」

「反対されるじゃろ？」

「勅令《ちょくれい》と言っておけば問題なかろうよ」

「それは彼女には反対できなかろうがの。だが後宮でいらぬ軋轢《あつれき》を生むのでは？」

「然り。先ほどの言葉通り彼女を大切にしようとは思う。だが俺たちの手は遥か西の砂漠まで届いても、腹の中にある後宮には及ばないのだ。掌中の珠のようにすることはできぬ。それに軋轢を乗り越えられぬ女であれば意味がない。そもそも俺たちの行動は後宮に軋轢を生む如きでは済まぬのだから」

　癸氏はそう毅然と告げ、陳氏は笑う。

「ひょひょ。やはりシュヘラ姫は幸薄いらしいの」

第3章　後宮入り。

「ブルルルル」

朱妃《しゅひ》たちの前で馬のような動物が首を振っている。

馬にしては首が短く、兎耳とも呼ばれる驢馬《ろば》ほどには耳が大きくない。つまり騾馬《らば》であった。

驢馬の雄と馬の雌を交配させて作られる動物で、頑健かつ利口な動物である。西方の神話では王の獣とすら呼ばれ、現代でも馬の数倍の高値で取引されているものだ。

古くから東西交易の中継地でもあるロプノール王国においても、砂漠なら駱駝《らくだ》、荒野なら騾馬が最良と言われていた。

その騾馬は軛《くびき》で、艶《つや》やかな黒の漆《うるし》塗りの轅《ながえ》に繋がれている。その先には二輪の車体。

ちょうど立方体のような形状の車体の表面は檜《ひのき》の板で覆われ、全体を朱漆で塗られた上には金箔で瑞鳥《ずいちょう》たる雌雄の鳳凰《ほうおう》が戯《たわむ》れる様が描かれていた。

なんとも立派で絢爛《けんらん》たる騾車《らしゃ》であった。

「なんと素敵な……」

朱妃は感嘆の声を上げる。

龍河《ロンガ》を下ってきた御座船《ござぶね》は、首都玉京《ギョクケイ》近郊の湊《みなと》である龍涙《ロンレイ》に到着したのだ。

ここから玉京まではこの騾車で向かうのだろう。

「なんで馬車、それも騾馬なんかに牽《ひ》かせているのに乗らなきゃならないんだよ！」

光輝嬪《こうきひん》が憤る声が湊に響く。顔を向ければ別の騾車の前で彼女が瓏《ロウ》の役人の胸ぐらを摑み、それを大勢で宥《なだ》めているようだ。

「こっ、後宮《こうきゅう》に入る姫は騾車に乗って玉京の市街へと向かっていただく決まりにございます！」

大勢の役人に囲まれて頭を下げられても、光輝嬪は舌打ちして不満げな表情を隠そうともせず、だがその身のこなしは軽やかに騾車へと乗り込んでいった。

「……光輝嬪は乱暴ですね」

羅羅《ララ》がそっと囁《ささや》く。

「そんなことを言うものではないわ。馬を伴侶《はんりょ》よりも大切にするという北方遊牧民の方ですもの」

遊牧民は馬以外の乗用獣を使わない。また草原には道がなく、車輪も使わないと聞いていた。

「まあ、実際にここには沢山の馬もいますしねぇ」

羅羅が周囲を眺めて言う。

無数の馬が湊には存在した。

これは嫁入りの旅であると同時に、朝貢《ちょうこう》の旅でもあるのだ。

光輝嬪が従えていた遊牧民の男たちの多くは船には乗らず、川沿いを馬で走ってきていたのである。

これは遊牧民の最高の貢物が彼らの生産する馬であるからに他ならない。

彼らとはこの龍涙の湊で合流した。これは列をなして玉京に向かうことで、広く民に遊牧民やロプノールの朝貢を知らしめるためである。

両国が朝貢国となったことやその豊かさを示し、さらにそれを従える武甲帝《ウージア》の偉大さを示すのだ。

「そうね。どんな大きな隊商《キャラバン》でもこんなに多くの馬を従えることはないものねえ」

「きー」

朱妃の言葉に、彼女の肩の上のダーダーが同意するように鳴いた。

彼女は相好《そうごう》を崩して忠実なる蜥蜴《とかげ》を撫でる。

光輝嬪が反発を覚えるのも当然なのかもしれない。だが、朱妃としてはむしろ光輝嬪に感心してもいた。

例えばビルグーン、先日光輝嬪が護衛として連れていた男は、今も自国の姫が騾車に乗せられたことに憤懣《ふんまん》やるかたない様子だ。しかし彼女は明らかな怒りを表しながらも、すでに車の中にいるのである。

——切り替えが早い。あるいは、遊牧民たることを示すためにわざと怒ってみせたのかもしれないわね。

「朱妃様、どうぞ」

雨雨《ユユ》が箱車の簾《すだれ》を持ち上げながら乗車を促した。

彼女はこの旅の間、実質的に朱妃の従者のように振る舞うようになった。羅羅《ララ》はその所作を見て覚えようとしている。

彼女の手が簾の持ち上げ方をなぞるように体の前で動いていた。

朱妃が乗り込むと、二人も向かい合うように乗車した。

しばし待つと、役人が出発を告げに来る。一度大きくがたり、と揺れて騾車は進み始めた。

「……でもなんで騾馬なのかしら」

朱妃がそう呟けば、雨雨が顔を背けた。朱妃は笑みを浮かべて尋ねる。

「雨雨は理由を知っているのね。教えてくださる？」

彼女は口を無意味にもごもごと動かしてから話しだす。

「えっと……騾馬は宦官《かんがん》の比喩なのです」

「宦官の……ああ、交配できないからかしら？」

朱妃は思い至った。

騾馬は子をなすことができない。馬とも、驢馬とも、騾馬同士で番《つが》っても子ができないのだ。染色体の知識など存在しないこの時代の人間にとって、その理由は地域ごとに神話や伝承によって説明されるものであった。

この後宮へと入る道のりで騾馬を使うのは、もう皇帝以外の男に触れることはできないという意味もあるのだろうと。

「あの、宦官が埋葬される時にですね……その……宝《パオ》を」

雨雨の頬が僅《わず》かに朱に染まる。

「宝？」

知らぬ言葉である。朱妃は首を傾げた。

「その、切除された自分の、アレを……」

つまりは男の象徴《シンボル》のことであった。

——あー、なるほど。雨雨には申し訳ないことを尋ねてしまったわね。

朱妃は人差し指と中指を開いて閉じながらおどけてみせた。

「ちょきんと」

羅羅が吹き出して目を逸らす。

雨雨は片手で顔を隠して言った。

「朱妃様、おやめください。ええ、そのちょきんとしたモノをですね、共に埋葬せねば宦官は来世で騾馬に転生すると言われているのですよ」

ちょっと申し訳ないので話はそこで切り上げ、朱妃は騾車に揺られながら簾を上げて、外の景色を眺めることとした。

湊から帝都へと至る広い道。荷揚げ場から始まり、その両脇には寺や道観《どうかん》といった宗教施設、商館やその倉庫、船乗りたち相手の宿や酒舗《しゅほ》、食事処が並んでいる。

「ふぇー……」

「朱妃様。お口をお閉じください」

思わず感嘆の声が漏れていたか。朱妃は口をきりっと閉じる。

道沿いには男たちが並んで、行列を興味深げに眺めていた。

──確かに帝国の民の前で阿呆面《あほづら》を晒《さら》すわけにはいきませんね。

道を進んでいくと少し婀娜《あだ》っぽい女たちが固まってこちらを眺めている一角があった。

おそらくはこのあたりに娼館や、女たちが接客する類の店があるのだろう。

「きゃーっ！」

彼女たちが嬌声《きょうせい》を上げて、こちらに向けて手を振る。

なにかしら？　朱妃がそう思っていると、蹄《ひづめ》の音が近づいてきた。

「馬上より失礼します」

そう言って騾車に身を寄せてきたのは癸《キ》氏であった。

なるほど、顔が良い。女たちの嬌声は彼を見ての反応かと思う。

「いえ、構いません。癸昭大人《キショウたいじん》は本宮に何か御用でもおありですか？」

朱妃は癸氏に大人と敬称をつけ、自分のことを私ではなく本宮《ほんぐう》と呼称した。

本宮とは字義通り、城内に自身の宮を持つ者という意味である。皇帝の一人称はまた別格で朕《ちん》であるが、皇后や妃嬪《ひひん》、時には王や公主《こうしゅ》も使用する一人称であった。

ちなみにここでいう王と公主とは皇帝の息子と娘のことである。武甲帝は若くして皇帝に登極《とうきょく》し、まだ子をなしてはいない。

さて、朱妃はまだ後宮に入っているわけではない。だからまだ一人称は私で構わない。しかし本宮という言葉からは、教育係兼侍女としてつけた雨雨から宮中の言葉や所作を自発的に学ぼうという意志が感じ取れた。

癸氏はこれを好ましく感じたようだ。優しげな笑みを浮かべてみせる。

――宦官であったとしてもこれから後宮入りする女に、商売女たちが声を上げるような美貌で笑みを向けるのはいかがなものかしら？

朱妃はそう思ったが、それを口には出さない。

「在下《ざいか》に大人は不要ですよ。癸とお呼びください。外を眺めていらっしゃいますが、何か面白いものでもありましたか？」

癸氏はすぐには用件に入らなかった。忙しい方のはずなのに、なぜ会話を引き延ばそうとするのかしら？　朱妃はそう考える。そういえば甲板で話をした時も自分の用件は後回しにしていた。

「いえ、瓏《ロウ》はやはり豊かであると感心していましたの」

「ふむ、何を見てそう感じられました？」

朱妃は説明する。

砂漠や荒野にある集落や町はその大小に拘わらず、常に点と点の関係である。それはオアシスや井戸などの水場の周囲にのみ人が生きることができるためである。

こうして点と点を結ぶ線上、つまり道沿いに町ができているのは水や民の豊かさを示す象徴であると。

「なるほど。瓏で、それもこの地で生まれ育った者には持ち得ぬ視座《しざ》です」

「癸氏《キ》は玉京《ギョクケイ》のお生まれでいらっしゃる？」

「ええ」

なるほど、人は住んでいたところを基準に考えるものである。大都市に住む者は小都市を寂れていると思うし、田舎に住む者は小都市を栄えていると思うものだ。

――それならば私など田舎娘もいいとこでしょうね。

なぜか胸がちくりと痛んだ。

「さて、申し訳ありませんが、在下に連絡があり、ここを離れねばなりません」

朱妃は頷きを返す。

責任者が隊列を離れるのはどうかと思う向きもあるが、そもそも遥か遠き地へと旅をして朱妃や光輝嬪を迎えていたのだ。

瓏帝国は巨大である。そして遠隔地との連絡は極めて困難だ。武甲皇帝や中央官僚からの連絡を、この湊でやっと受け取ることができたのかもしれない。

「今一度お伝えすると、朱妃たちには帝都に入ったところで輿《こし》に乗り換え、紫微城《しびじょう》の後宮へと向かっていただきます。城に着いたらまずは商皇后《しょうこうごう》に謁見《えつけん》してから宮へと案内される流れとなるでしょう」

「はい」

武甲帝の皇后殿下の名は辛商《シン・シャン》、商皇后殿下である。そして皇后とは後宮の女たちの長でもある。

先立っての武甲帝の親征《しんせい》において服従した瓏帝国四方の国々から送り出された姫。それらが妃嬪となるにあたり、つまり西の朱妃と北の光輝嬪、それとまだ会っていない南方と東方の姫は商皇后と顔合わせをして、認められてから後宮に入るということだ。

ただ、それは御座船での旅中に聞いていたことだった。

なぜここで改めて？　と思っていたところ、癸氏が騾車に馬を寄せてきた。

「危のうございますよ」

服の裾《すそ》が騾車の車輪に巻き込まれそうなほどだ。

「耳を」

癸氏はそれに構わずそう告げる。朱妃は簾から身を乗り出すようにし、羅羅は主人が落ちぬよう、朱妃の身体に手を回した。

癸氏も身体を傾け、朱妃の耳元に唇を寄せる。

吐息が耳にかかり、熱を持つようだ。

「商皇后には気をつけよ」

「えっ……」

癸氏はそれだけ告げて、身体を引いた。そして騾車から離れると、馬の腹に一蹴り入れて前方へと走り去っていった。

正面には玉京の都を囲む城壁。だがその手前にも既に町が広がっている。

玉京《ギョクケイ》八十万、この都市は世界最大の人口を誇り、その数は八十万人に達すると言われている。

都市が人口増を支えきれなくなり、城壁の外にまで人が住むようになっているのだ。

朱妃たちは都市の正面にあたる南側から向かっているのだが、あまりにも広い道の正面を塞ぐ、あまりにも巨大な城壁と門の上の城楼《じょうろう》を見上げてぽかんと口を開いた。

「ふぇぇ……」

「ふぇぇ……」

朱妃と羅羅は互いの手をとって城楼を見上げる。

雨雨はこほん、と一度咳払いをしてから言った。

「これが玉京の正面玄関たる最大の門、萬世門《ばんせいもん》にございます」

どことなく自慢げな雰囲気であるが、それも当然だと朱妃は思う。

――でっっっかい！

雨雨は続ける。

「高さ六丈《じょう》の城台の上に八丈の城楼が築かれ、南方を見張っているのです」

一丈は十尺《しゃく》、ちょうど朱妃二人分である。つまり朱妃十二人分の高さがある壁の上に、朱妃十六人分の高さのある建物が載っかっているということだ。

土を盛り、煉瓦《れんが》で覆ったのであろう灰色の城台の威容、そしてその上に聳《そび》える城楼の朱塗りの柱と緑灰色の甍《いらか》の美しさといったら。

そして城壁や城楼に立つ、弓や槍を携《たずさ》える兵たちの姿は米粒よりも小さく見える。

二人が唖然《あぜん》とするなか、隊列は城門をくぐり抜けるのであった。

そこで彼らは騾車から下り、朱妃のみが輿に乗り換える。宦官たちが担ぐ輿に乗って都の大通りを練り歩くのだ。羅羅たちは歩いてついてくるという。

本来、ここまでの儀式的な入城を行うのは皇后の輿入れのみであり、当たり前のことではあるが、妃嬪が後宮入りするために行進《パレード》は行わないという。

だが、今回の場合、これは進貢《しんこう》なのである。国家の友好を民にも示すべく、あるいは武甲帝の親征の成果を民に示すべく、こうして行進を行うのだ。

北狄《ほくてき》、南蛮《なんばん》、東夷《とうい》、西戎《せいじゅう》。中原《ちゅうげん》の四方の敵にその武威《ぶい》を示し、降らせたということである。

――あ、他の二人の妃嬪の姿も見えましたね。

車中からは見えなかったが、光輝嬪以外の二人の嬪の姿も初めて見た。

――えっと、東と南から来たってことよね。

皆、その民族の正装に身を包んでいる。光輝嬪は青のデールに帽子なのは変わらないが、今日は金の宝飾品の数が多い。

朱妃のロプノールは多民族の文化の影響を受けていて、顔は薄手の紗《ヴエール》で隠し、上半身は遊牧民のデールに似た形状であるが、下半身はズボンではなくスカート。どちらにもふんだんに刺繍《ししゅう》が施されているが、宝飾品をあまり持たされていないために少し華やかさには欠ける。

木の葉を編んで作られた、円錐型の簑笠《ノンラー》を被り、薄手の白いズボンの上に、丈が長くてスリットの深い身体の曲線が出る上着、アオザイを着ているのは南方の姫だろう。

そしてもう一人は、足元まで引き摺る長さの、色が異なる裳《も》唐衣《からぎぬ》を何枚も重ねて着ている女性だった。色の重ねがグラデーションとなって変化していく様は独特の文化と美を感じさせるものであった。

——扶桑《フソウ》人、初めて見たわ……！

相手と目が合ったので、微笑んで軽く頭を下げておく。残念ながら挨拶を交わす時間はない。

輿はすぐに出発し、彼らは歓声をもって民に迎え入れられた。

城壁の分厚さ、堅牢さにも驚かされたが、内に入ればまた同じように真っ直ぐ延びる道の正面に巨大な門と城壁が見える。こちらが外城《がいじょう》、民の住まいで、壁の向こうがこちらよりは僅かに小さいという内城《ないじょう》。主に官僚たちが住まうという。

そしてその中に皇帝陛下がおわし、これから自分が住むことになる紫微城《しびじょう》があるのだ。玉京《ギヨクケイ》の規模の大きさには驚かされるばかり。

ゆさゆさと輿の上で揺られながら大通りを進んでいく。

羅羅と雨雨が後ろを歩いているために話し相手もいないし、解説をしてくれる者もいない。

だが知らぬ街の通りを眺めているだけでも充分に楽しい。

商店の多いところでは、勉強している最中の瓏《ロウ》語で書かれた看板や幟《のぼり》の文字に目を凝らす。

『美味月餅《げっぺい》』『金物屋』『玉京でいっとう美味しい』『なんでも貫く矛《ほこ》』『飯店』『酒舗』『元祖月餅』『回春丸《かいしゅんがん》有ります』『黄金月餅』『本家月餅』

——なんか月餅ってお店多くないかしら？

「あー、王府《ワンフー》で拉麺《ラーメン》でも食べていきたいぜ」

「おい、黙ってろ」

「挽肉が入って大蒜《にんにく》の利いた辛めのをさー」

「黙れってんだよ、腹が減る」

護衛の兵士たちのぼやきが耳に入る。

――王府？　拉麺？

首を巡らせばなるほど、王府という赤い看板の店が見える。客の入りもよく、繁盛している店のようだ。

朝に船を下りて移動を開始したので今は正午前である。朱妃はまだそれほどお腹が減ってないが、美味しそうな匂いが漂ってくれば男性である兵士たちは堪らぬだろう。

そのようなことを考えているうちに次の城門が大きく見えるようになってきた。いよいよ紫微城へと入るのだ。


「きー……」

その時、朱妃が衣で隠して連れていたダーダーが微かな声で鳴いた。

「きー……」

ダーダーはもう一度小さく鳴く。その鳴き方にどこか弱々しさを感じた朱妃は声を潜めてそっと尋ねる。

「どうしたの？　どこか調子が悪いのかしら？」

もちろん答えがあるわけではない。

しかし共に育った絆か、彼女の内に流れる巫覡《ふげき》の血が故か。何となくこの小さなものの気分が良くないことが伝わってくるのであった。

朱妃の側で輿の棒を担いでいた宦官がちらりと視線を向ける。

朱妃の呟きの内容までは聞き取れなくとも、何か言葉を放ったことは気付いたのであろう。

ダーダーはするりと襟元《えりもと》から朱妃の服の内側へと潜り込んだ。

「ひうっ……！」

朱妃は悲鳴をあげそうになり、それを噛み殺した。

数名の宦官の視線が集まる。咳払いを一つすると、彼らは視線を前へと戻した。

――ちょっと、こんなところで。もー……。

別に驚いているわけではない。ダーダーが朱妃の服の下に潜り込んでくることは今までに何度もあった。だが朱妃よりもちょっと体温の低い蜥蜴が急に潜り込んできたら、ひやっとするし擽《くすぐ》ったくもあるのだ。

朱妃は服の上からダーダーの潜り込んでいるあたりを軽く叩いてから、尻をもぞもぞと動かして座り直した。輿が揺れたので驚いたのですよとでもいうように。

さて。朱妃は考える。どうしてダーダーが潜り込んできたのかということである。

砂漠の夜は寒い。特に冷える時など、ダーダーが潜り込んでくることは多いが、なぜここでなのか。

今は決して寒くはない。もちろんロプノールの昼に比べれば涼しいが、それであれば龍河《ロンガ》で御座船の甲板にいた時の方が温度は低かった。

だが実のところ朱妃も玉京《ギョクケイ》の城内に入ったあたりから、どこか空気の悪さを感じていた。

それは単純に人や動物の多く集まる都市の空気であるということかと考えていたが、どうもそうではないようだ。

なぜなら民衆が雑多に多く住む外城よりも、紫微城《しびじょう》に近く高級官僚や宦官らの住まう内城の方がより空気の悪さを感じるからだ。

――これはどうしたことかしら？

景色を見るふりをして、ちらと背後を歩く羅羅に視線をやる。

彼女の足取りや顔色からは特にそのようなものは窺えなかった。

他の誰が気づかなくとも、朱妃に流れる巫覡の血脈は強く発現し、玉京の気脈《きみゃく》の乱れを知覚し、それを違和感として伝えているのだ。

――まあ、気のせいでしょう。

彼女が何らかの寺社にでも勤めるか、まともな道士・呪術師・卜占《ぼくせん》のもとで修行でもしていれば、その才はすぐにでも開花していただろう。

だが、朱妃は姫であった。そして冷遇されてもいた。そのような術を人生において学ぶ機会はついぞなかったのである。

朱妃は壮大な紫微城《しびじょう》を眺めながら揺られ続ける。

正面には朱色の城壁に三つの入り口が並ぶ。紫微城の正門たる午門《ごもん》である。

一行はその前で左に折れ、堀に沿って紫微城の周りを半周するように進んだ。

午門から先、城の南半分は前宮《ぜんきゅう》、そこは政治の場であり女人禁制である。

逆に城の北半分が後宮、こちらは男子禁制の場だ。

どちらも行き来できるのは、皇帝陛下と性を持たぬ宦官のみである。

城の北、堀にかかる橋を渡り、城の裏門にあたる子門《しもん》より、いよいよ輿は紫微城の内へと進む。

「まあ……！」

朱妃は感嘆の声をあげた。

そこは城の内側でありながらも一面の花園であったのだ。後宮の最奥、最も北に位置する御花園《ぎょかえん》。

ここは歴代の皇帝と皇后や妃嬪たちが戯れ、宴を行う場所であった。

花壇があるわけではない。植えられているのは木々であり、丹桂《きんもくせい》が橙の小花を咲き乱れさせていた。

あたりには芳しい香りが立ちこめている。

そしてここまでの地面は灰色の石畳であったが、この先は全く見ることができない。そこに花が敷き詰められているからだ。

赤や黄色、桃色の鶏頭《けいとう》の花房が色鮮やかに、そして見渡す限りに広がっていた。

花々の手前で宦官たちは輿を地面にゆっくりと丁重に下ろす。そして彼らは素早く地面に両の膝と手をつき、深く頭を下げる。

叩頭《こうとう》という言葉の通り、額で石畳を叩く音が聞こえるほどであった。

その頭が向く先は朱妃や他の嬪たちではなく、花園の中心だ。

輿から下りた朱妃や光輝嬪たちが顔を見合わせ、なぜか無言で並びながら、花の絨毯《じゆうたん》の中に足を踏み入れて花園の先へと向かう。

木々の合間から見えていた瑠璃色《るりいろ》の甍の瀟洒《しょうしゃ》な楼閣。その前には木漏れ日が優しく落ちる広場があり、そこに一人の女性が凛《りん》として佇《たたず》んでいた。

美しき人だった。艶やかな黒髪は結い上げられ、絢爛豪華な衣を纏《まと》い、金環の腕輪や翡翠《ひすい》の耳飾り《イヤリング》などで装っている。

彼女はこちらを見ると、優しく心休まるような笑みを浮かべ、軽やかな鈴のような声で朱妃たちに話しかけた。

「妹たちよ。遠き地より遥々《はるばる》よくいらっしゃいました」

彼女こそ、瓏《ロウ》帝国の女性の頂点。

「本宮は、辛商《シン・シャン》。武甲皇帝陛下の后です」

辛《シン》家の商《シャン》。と名乗る彼女の言葉は優しく、皇后殿下であるという強権的な圧力を何も感じさせぬものであった。だが、自ずと跪きたくなるような高貴さに溢れていた。

少なくとも朱妃《しゆひ》や隣に立っていた南方の姫君もそう感じたようだ。

しかし北の姫はそうではなかったらしい。

「妹ぉ……？」

光輝嬪《こうきひん》が首を傾げる。

「ええ、そうよ。わたくしたちは武甲皇帝陛下という同じ夫を持つ、一つの家族になるのですもの。貴女たちは時にわたくしと共に、あるいはわたくしに代わって、夫たる尊き方の御心や御体を慰《なぐさ》め癒して差し上げるのですから。ねぇ」

商皇后《しょうこうごう》は言葉の最後、確認するように朱妃ら四人を見渡した。

「はい」

皆が頭を垂れて肯定する。

朱妃は心打たれた。そして同時に舌を巻いた。

今、言葉が頭に染み込む前から頷かされていた。

語る言葉に異論があるわけではないし、その通りだとも思う。

――でもこの心地よさは不味いかもしれないわ。

彼女はまず一人称を本宮とし、光輝嬪が反発的なことを言うと直ちにそれをわたくしに変えて柔らかさと歩み寄りを演出してみせた。

落ち着いた口調による貴人の会話術か、その佇まいや所作が纏う雰囲気か。あるいはそれらを総称して徳《とく》というのかもしれない。

彼女はゆっくりと、その足で鶏頭の花の波をかき分けるようにこちらへと歩を進める。

宦官たちが動揺するのが視界の端に見える。彼らの腰には棒。後宮内部の護衛役であろう。

なるほど、光輝嬪は武人である。彼女がその気になれば、無手であっても彼らが駆け寄るまでに皇后殿下を落命させ得るであろう。

「貴女は光輝《クアンホイ》ね。勇敢なる遊牧民の一族、力強き〝嵐《ショールガ》〟の娘。貴女自身の二つ名はあるのかしら？」

商皇后は光輝嬪の正面、手を前に出せば触れる位置に立ち、そう尋ねた。

「はい、〝流星《ソリル》〟と」

「まあ、素敵。貴女が馬を駆れば、金の髪が流れる星のように見えるのでしょうね」

商皇后は遊牧民の言葉も分かるのか、それとも予《あらかじ》め情報を入れていたのか。これだけのやり取りで、光輝嬪を籠絡《ろうらく》してみせた。

「ありがとうございます、商皇后」

「ふふ、姉と呼んでも良いのよ」

「商お姉様……」

商皇后は光輝嬪の身体を抱き、軽く彼女の背を幾度か叩く。光輝嬪の頬が赤く染まっていた。

身を離すと彼女は改めて朱妃らを見渡す。

「さて、順番が前後してしまったけども。朱緋蘭《ジューフェイラン》、朱妃」

「はい」

商皇后《しょうこうごう》が朱妃《しゅひ》の名を呼び、朱妃はそれに応じる。声をかける前に朱妃の方を見てから呼んだので、やはりちゃんと情報が入っているというべきだろう。

「范氏筍《ファン・シ・スン》、筍嬪《じゅんひん》」

「はい」

そう呼ばれたアオザイを着た姫は被っていた蓑笠を脱いで頭を垂れた。

「冷泉楽《レンチエン・ユエ》、楽嬪《がくひん》」

「はい」

扶桑《フソウ》の姫はゆっくりとした動きで腰を折る。

「そして光輝《クアンホイ》、光輝嬪《こうきひん》」

「はいっ」

商皇后は一人一人の前に立って彼女たちを順に抱きしめ、歓迎の意を示す。

彼女が左手を挙げて合図をすると、背後から女官たちが大きな包みを、男たち、いや宦官たちが卓と椅子を運び込んできた。

運ばれた円卓の周りには五つの椅子が並べられ、そのうちの四つの前には女官たちが包みを置いていく。

商皇后はそのうちの一つを解いた。ちょうど正面にいた楽嬪が息を呑む。

包みの中からは何反もの色鮮やかな錦が姿を現した。

「貴女たちの衣装はとても素敵だけど、わたくしたちが家族となった記念に、こちらからも布を贈らせてちょうだい」

朱妃は頭を下げて言う。

「感謝します。商……姉様」

朱妃も皇后とは呼ばず姉様と呼んだ。そう呼ばれることを望んでいると感じたためである。

筍嬪も楽嬪も同じく頭を下げて感謝の言葉を告げ、姉様と呼ぶ。

下げた頭の先で、彼女が満足している気配がする。そう朱妃は感じた。

「尚功局《しょうこうきょく》、服の作製を担当する女官たちに貴女たちの服を作ることを優先するように伝えてあるわ」

そう商皇后が言うと、彼女の背後に控えていた女官が一歩前に出て拱手《きょうしゅ》し、お辞儀をして下がった。

尚功局の長はそのまま尚功と呼ばれるが、彼女がそうなのだろう。

そうしている間にも布は脇に退けられ、茶器と菓子が運ばれてきた。

「さ、みなさんお掛けになって。お茶にしましょう。月餅も用意したわ」

「……これが月餅」

卓上の皿には円く平たい菓子が置かれている。小麦色の皮に飴色の焼き目がついていて真ん丸であり、月に見立てているのだとすぐに分かった。

思わず朱妃が呟けば、商皇后は、あら、と驚きを口にする。

「この時期の瓏《ロウ》のお菓子をご存じなのかしら？」

長い旅の間に季節も巡る。今は夏から秋に差し掛かる、陰暦の八月上旬である。

「いえ、食べたことも見たこともなかったのですが、今日紫微城《しびじょう》に参る途中、月餅と書かれた幟や看板をたくさん見かけましたので」

商皇后《しょうこうごう》は得心したと頷いた。

八月十五日の中秋節《ちゅうしゅうせつ》、瓏《ロウ》では満月を眺める風習がある。そこで月餅という菓子を食したり、贈り合う習慣があるのだ。

「中秋節には武甲《ウージア》皇帝陛下や妃嬪たち皆で月見の宴を行います。これはそこで供されるお菓子ですわ。ぜひ貴女たちにも試してもらいたいの」

つまり皇后殿下自ら、皇帝陛下のために菓子を試食しているということなのだろう。

朱妃《しゅひ》たちが席につくと、目にきらりと光が入る。

真昼に月が昇っていた。


白昼の満月は黄金の円盤であった。

御花園《ぎょかえん》の周囲には盛り土や奇岩を配することによって、花の背景に山があるかのように造園されている。

その人工の山の上、一抱えほどもあり、鏡のように磨かれた黄金の円盤を持つ宦官が立っているのだ。

そして地上をまた別の宦官たちが走る。彼らが抱えるのは巨大な花瓶。そこには立派な白い花穂《かすい》をたくわえた芒《すすき》が挿されていた。

朱妃たちが唖然とする間に、赤、黄、桃色であった地面は白へと塗り替えられていく。

「なんとまあ」

楽嬪と言ったか。扶桑《フソウ》の姫が口を開く。

「皇后殿下は瞬く間に地を夜にしてしまわれました。千載千載《せんざいせんざい》」

楽嬪は商皇后を讃えた。

しかし商皇后は扇で口元の笑みを隠しながら否定する。

「だめよ、皇后殿下ではなくてね」

「流石お姉様」

楽嬪はそう言い直し、商皇后は頷く。そして月見の茶会が始まった。

もぐもぐ。

――月餅美味しい。あ、お茶も。こう、香り高く少し渋みのあるお茶で、口内に残る月餅の甘さを一旦流してからもう一度月餅に取り掛かるとまた。

もぐもぐ。もぐもぐ。

――月餅の餡《あん》の中に胡桃《くるみ》とか胡麻《ごま》とか、他にも私の食べたことのない木の実が練り込まれているのね。これがまた、食感に変化を加えているし香ばしさも増していて素晴らしいわ。

もぐも………あれ。

朱妃が月餅を頬張っていると、他の四人の視線がこちらに注がれているのを感じた。

「美味しそうに食べるわね。良いのよ、たくさん召し上がって？」

そう言われて朱妃は赤面した。

幼い頃は菓子を食べる機会もあったが、ロプノールの王宮内で冷遇される中、そういったものを食べる機会は減っていた。

　またロプノールで一般的に食される中で最も甘いのは棗椰子《デーツ》の乾果《ドライフルーツ》であろう。あれも美味しかったが、やはり瓏《ロウ》のお菓子や食べ物は味の奥深さにおいて抜きん出ていた。

「瓏帝国の食べ物は美味しゅうございます。ここ玉京《ギョクケイ》へと向かう船旅でも美味しい食事をたくさんいただきました」

「それは重畳《ちょうじょう》。ちなみに何が一番美味しかったかしら？」

「はい、どれも美味しく甲乙つけ難いのですが、私が船に乗ってすぐに体調を崩してしまったのもあり、そこでいただいた粥《かゆ》が一番印象に残っています」

「粥かよ」

「粥なんて……」

　光輝嬪と楽嬪が呟く。

　そこに馬鹿にするような雰囲気を感じた朱妃は思わず反発した。

「いえ、私も米粥は自国でも食べたことがあり、美味しいものとは思っていなかったのですが、全くの別物だったのです」

　商皇后《しょうこうごう》は満足そうに頷いた。

「たとえ粥ひとつとっても我が国の食べ物が他国より優れているのであれば誇らしいこと。粥の何を美味と感じましたか？」

「そもそも私がかつて食したことのある粥はどろりとしていましたが、いただいたそれはさらりとし、出汁《だし》の馥郁《ふくいく》たる香りが鼻腔に広がりました。そして不勉強故に、何であると言えず申し訳ないのですが何やらコリコリとしたものと……」

「袋茸《ふくろたけ》かしら、それとも搾菜《ザーサイ》？」

商皇后は顎に手を当てそう呟く。

「それと黒くてぷにぷにしたものが……」

「皮蛋《ピータン》かしらね」

茸ではなかったから、搾菜と皮蛋であろう。朱妃は自分の好物となった食材の名をここで認識した。

「どうも美味そうには聞こえないな」

光輝嬪はそう言い、朱妃はむっと睨《にら》んだ。

話題を変えるように筍嬪が口を開く。

「皮蛋といえばそう、数年前に南江《ナンコウ》市に滞在した時にも月餅をいただいたことがあるのですが」

南江とは瓏帝国南部の、帝国でも五指に入る規模の都市名だ。

彼女の生国《しょうごく》ともおそらくは海路で交易をしているのではないだろうか。朱妃はそう考える。

「それは皮も餡も軟らかいものでした。私としては、皮のぱりっとしたこちらの方が好みです。ただ……」

「どうぞ、遠慮なく仰って？」

「餡の中に鹹蛋《シエンタン》の黄身が入っていたのです。黒き餡の中に黄色い黄身がある様は、闇夜に浮かぶ満月が如く美しいものでした」

鹹蛋、鵞《あひる》の卵である。同じく鵞の卵を熟成させて作る皮蛋の話から連想したのだろう。月餅に関してはもちろん黄身をそのまま入れるわけではなく、それを固めるか練り込んだ餡が入るかしていたはずだ。

「それは厨師《ちゅうし》に作らせないわけにはいかないわね」

商皇后《しょうこうごう》の言葉に力が籠《こも》る。

宴のために試してみるのであろう。彼女が月見の宴を成功させるために注力していることが知れる。

といった話などをしているところで宦官が皇后に近づき二、三言葉を交わす。皇后は言った。

「皆様も長旅でお疲れでしょうから今日はこれくらいでお開きといたします。また後日、お話ししましょうね。貴女たちの宮については宮女が案内するわ」

朱妃《しゅひ》らは立ち上がり、腰を深く折って礼をした。

四人の妃嬪たちは皆、それぞれが自らの宮、建物が一棟与えられることとなる。

朱妃が住まうこととなった宮の名は永福宮《えいふくきゅう》。後宮の西側に位置するという。朱妃は羅羅、雨雨を従え、宮女の案内でそちらへと向かった。


そして、そこで事件は起きたのだった。

紫微城《しびじょう》の構造を大まかに言えば南北方向に長い長方形であり、その中央にあるのが太極殿《たいきょくでん》である。幅三十二丈、奥行十六丈。四段に積み上げられた石製の台座の上に世界最大の木造建築が鎮座している。その屋根は赤みを帯びた黄色とも茶色ともいえる、大地を想起させる瑠璃瓦に覆われている。これは皇帝のみが使用できる特別のもので、城内のどこからでも見ることができた。

太極殿よりも北が後宮、皇帝の私的《プライヴエート》な空間になる。その中央を南北に貫くように三つの建物が並んでいて、それが皇帝陛下や皇后殿下の住まうところである。

今、朱妃らが商皇后に迎えられた御花園《ぎょかえん》はその真北に位置していた。そして東西には数多の建築物が並んでいる。

それらが妃嬪たちの住まう宮である。

より高位の者が南側に位置する大きな宮を利用でき、下位の嬪ほど北側の小さめの宮を利用するという。つまり東の南端と西の南端にあるのが序列一位の妃嬪である貴妃《きひ》の宮であり、朱妃が住むことになる永福宮はその一つ北に位置するのだ。

そのような説明を朱妃は雨雨から受けていた。それを思い返しつつ彼女は揺られていた。

——よもや城内に入ってからまた輿に揺られることとなるなんて……。

つまり遠いのである。御花園《ぎょかえん》から永福宮《えいふくきゅう》まで二里《り》以上もある。朱妃《しゅひ》としては散歩がてら歩いていきたい気分であったが、これもしきたりと言われてしまえば反対もできない。

そして輿が西八宮《せいはっきゅう》という、小さめの宮が集まる場所の前を通った時だった。

どさり、という湿った音と共に道になにやら茶色いものが降ってきた。

輿が止まる。

「何でしょう」

朱妃が呟けば輿を先導する宦官が答えた。

「……馬糞《まぐそ》が飛んできたようでございます」

——馬の糞が飛んでくる？

そんなものが飛んでくるはずはない。

輿の周囲にさらにどさどさと茶色いものが降ってきた。輿そのものに当たることはなかったが、飛沫が飛んだか輿を担ぐ宦官の数名が避けようとし、輿が一度大きく揺れた。

周囲に悪臭が立ち込める。朱妃は口元に手をやって顔を上げた。

「何が……」

そう呟けば、大きな声がかけられる。

「鳥よ、鳥」

——いや、鳥の糞はあんなに大きくはないわ。

声をかけてきたのは女であった。

周囲の楼や宮の二階の窓から数多の女たちがこちらを見下ろしている。

誰かは分からないがそのうちの一人がそう言ったらしかった。

彼女たちは誰もが美しい顔《かんばせ》をしている。だがそこに浮かぶ表情は侮蔑《ぶべつ》と敵意、嘲笑《ちょうしょう》。彼女たちは顔を醜く歪ませていた。

建物の陰には桶を携えた宦官たちの姿。

手にしているのは肥桶《こえおけ》か。彼らが糞を投げつけてきたのだろう。

朱妃は驚いた。彼らの姿の見窄《みすぼ》らしさに。

彼女が見てきた宦官は船の上で手を取られた直《チイ》なる者もそうだったし、今輿を担いでいる者たちもそうだが、誰もが上衣下裳《じょういかしょう》にきちんと染色のされたものを纏い、刺繍入りの帯を締めている。

皇后殿下の宦官、例えば先ほど月を模した盤を掲げていた者に至っては、瓏《ロウ》国で吉祥《きっしょう》とされる紋様が極彩色《ごくさいしき》で縫い込まれた錦を着ていたのであった。

しかし、今肥桶を抱える者たちはどうだ。

髪はざんばら、頬は痩《や》せこけ、纏う衣は染めも漂白もされぬ生形《きなり》のもので、それが汗と汚れに茶ばんでいる。

「貴方たちが……」

これをしたのか。そう告げようとした途端、二階からの声に遮《さえぎ》られる。

「まあまあ、本宮たちがいるのにそれを無視し、下賤《げせん》の者に声をかけるだなんて！　なんて礼儀がなってないのかしら！」

む。と朱妃《しゅひ》は喉の奥で唸るが、確かにこれは礼を失しているとも思う。

そもそも糞を投げることを命じたであろう側、名乗りも上げずに声をかけてくる側に言われる筋合いもないが、揚げ足を取られるようなことは慎むべきであった。

次々と周囲から声がかけられる。誰が発言しているか分からぬように視線を向けていない側の女たちから声が発せられるのであった。

「四夷《しい》の娘どもが妃嬪となるとは」

「その中でも西戎の汝のみ妃とは」

「賄賂《わいろ》に何を贈った、金子か錦か」

「あるいは宦官に股座《またぐら》を開いたか」

そして嘲笑が唱和され大きく響く。

殿方の象徴なき宦官と交わる、あるいは宦官の妻となるということは、後宮において実際のところよくあることである。この後宮全体に男は皇帝陛下一人しかいないのである。当然と言えば当然であった。

だが、それは皇帝との子をなすことが期待される上位の妃嬪に対して言って良い言葉ではない。最大の侮辱とも言えよう。

朱妃は瓏《ロウ》の後宮の文化を知らない。だがそうであろうと想像はつく。しかしあまり怒りや悲しみは感じなかった。この時浮かんだ感情は『またか』という諦念《ていねん》に近い。

それは彼女がロプノールの王宮で冷遇されていたからに他ならない。罵声や悪意には慣れていた。

口元を覆っていた手を退けると、真っ直ぐ座り直し、凜として告げた。

「進みなさい」

「是《ぜ》」

宦官たちは朱妃の命に応じて馬糞を蹴散らして進む。

申し訳ないとは思う。だがもし糞が朱妃や輿、あるいは輿を担ぐ宦官に直接当たったりしたら？新参者とはいえ、朱妃は序列二位の妃嬪である。輿を担ぐ宦官たち、特に先導の者は上位の宦官であろう。

国外からの朝貢の儀であり輿入りの儀でもあるのだ。それに参加する宦官が下位の者のはずがない。服は借りられるにしても、その所作や肉付きの良さから明らかである。糞を投げてきた者たちに錦を纏わせてもこうはならないのだ。

つまり、万が一にも糞が当たれば、間違いなく処刑される。それを命じた者も処罰されるだろう。

――いや、違うわね。

下級の宦官たちはおそらく階上にいた女たちの命令によってやらされているのだろうが、女たちの余裕からして、自分たちには咎《とが》が及ばぬようなからくりがあるのだろう。

輿は嘲笑の声の下で道を左折し、ゆっくりと南へと進んだ。

ちなみに紫微城《しびじょう》内はもちろん、玉京《ギョクケイ》の都全体にいえることだが、城内の道路は全てが南北または東西方向に延びている。これは自然にそうなるはずもなく、都市を築く際に一からそう計画されたということである。

中原の歴代の王朝の首都は龍河《ロンガ》と南江《ナンコウ》の間の地にある。瓏《ロウ》帝国の初代皇帝が龍河の北にこの広大な都を築かせたということだ。これは北方遊牧民の侵略に対して睨みを利かせるためである。

朱妃はもちろんこれらのことを学んでいたが、この道に入って初めて、それを強く実感した。

つまり、玉京《ギョクケイ》に入ってからはずっと都や城の巨大さに心打たれていたし、先ほどは糞を投げられてそれどころではなかったということだ。

真っ直ぐに延びた道、石畳は整然として塵ひとつ落ちていない。両脇には黄色い甍の赤い壁が真っ直ぐに延びている。その壁の奥には対称《シンメトリー》に配置された宮の屋根が覗く。

宮の主たる妃嬪たちは壁の門から姿を見せていた。女官や宦官たちを従え、自らの宮の側で新たな妃を歓迎する。

屋敷の中で奏でているのだろうか。楽の音が聞こえてくる。瓏の楽器の知識がない朱妃にはその名称が分からないが、心安らぐ音色であった。

「おお……」

朱妃は小さく感嘆の声を発した。

軽く頭を下げて謝意を示す。

もちろん、出迎えてくれる彼女たちが本当に歓迎してくれているのかなどとは分かるはずもない。下級の妃嬪たちと同様にこちらを蔑《さげす》んでいるのかもしれないし、本心から歓迎してくれているのかもしれない。

『商皇后《しょうこうごう》には気をつけよ』

「あ……」

今更、癸氏の言葉が脳裏に思い起こされた。

朱妃は、あるいは他の嬪たちも、あの美しく、優しく、高貴な皇后に心奪われていた。光輝嬪は特にそうだったように見えた。

癸氏のその言葉は今まで完全に頭から抜けていた。

癸氏が何を思って、あるいはどういう背景があってその言葉を口にしたのか。商皇后が善なのか悪なのか。あるいは癸氏こそが悪なのか。それもやはり分からない。

——癸氏が私を騙しているとしたら。それは嫌だな。

ふと、そんなことが頭をよぎった。

ともあれ、これを思い出せたのは、間違いなく糞を投げられたお陰。朱妃はそう思った。もちろん感謝するような事柄ではないが、それでも糞を投げられたことは幸いであった。そう考えることにした。

そのようなことを考える間に輿は進み、最奥の一つ手前の壁際で門を潜る。すると東西に延びる道に入り、その北側に宮の中へと入るための門がある。

輿はここで止まった。先導の宦官が大きな声を上げる。

「内僕局《ないぼくきょく》は羣《クン》が朱妃様に言上《ごんじょう》仕《つかまつ》ります。輿が永福宮《えいふくきゅう》に到着いたしましたことを」

内僕とは乗り物を担当する宦官たちの役所である。

朱妃は顔を上げ、門の上に掲げられた扁額《へんがく》に記された宮の名を読んだ。それには確かに永福宮《えいふくきゅう》とあった。

——なるほど。こういう構造なのね。

四方を壁に囲われた正方形の敷地が一つ一つの妃嬪のための宮なのである。

朱妃は輿より下りて告げる。

「皆様、ご苦労様でした」

宦官たちは拱手し、腰を折って深々と頭を下げる。朱妃は言葉を続けた。

「貴方たちの足下を汚してしまいました」

糞《クソ》を散らして進ませたことである。

羣なる宦官は顔を上げて大仰に手を横に振る。

「我ら、尊きお方々の足となりて汚れるが役目にございます」

道理である。朱妃は謝罪ではなくこう言った。

「ではその務めを果たされたことに感謝を」

「おお、なんと有難いお言葉。恐悦至極《きょうえつしごく》にございます」

宦官たちは去っていった。その中には涙を流す者さえいた。

大袈裟である。朱妃は思う。でもそういうものなのかもしれない。となんとなく感じるのであった。


さて、永福宮の門扉は開け放たれている。

羅羅と雨雨に視線をやれば二人は頷いてみせた。

朱妃は宮に向かって一歩踏み出す。

「おお……おぉ……？」

朱妃の口から感嘆と疑問の声が漏れた。

朱妃は自らが覚えた違和感について考え、すぐに思い至った。

永福宮の、少なくとも入り口部分は綺麗に清掃され整えられている。しかし人の気配がないのだ。

「あー……、ねえ雨雨？」

「はい、朱妃様」

「新しい宮は無人で受け渡されるものなのかしら？」

「えっ。……ええっ⁉」

雨雨が朱妃を追い抜くように小走りで前に進んだ。

永福宮はじめ妃嬪の住む宮の形状は、四合院《しごういん》と呼ばれる中原の邸宅に特有の構造である。

院とは院子《いんし》、中庭のことである。十文字の道のある中庭を中心に、その道の突き当たりに四棟の建物を配置する。

北が正房《せいぼう》、宮で最も大きい建物で主人夫婦の住む建物であり、東西の東廂房《とうしょうぼう》、西廂房《せいしょうぼう》が主人の両親や子のための棟。南が倒坐房《とうざぼう》、厨房や廁《かわや》が設けられる。

四棟は独立した建物であり、庭の十字の道を通じて行き来するのだ。

これら全体が正方形の壁に囲われ、南東の壁に門があるのが一般的だ。

「なんでっ！」

雨雨の声が響く。

朱妃と羅羅が彼女の後を追い、建物の間の通路を抜けて小さな門を潜って中庭へと出れば、そこには雨雨がただ一人立っていた。

その肩は落ち、愕然《がくぜん》としているのが背中越しにも分かる。

「どうしたの？」

ゆっくりと雨雨は振り返る。その顔に色はなかった。

彼女は地に手と膝を突く。

「朱妃様、申し訳ございません！」

そう叫んで額を地につけ叩頭した。

朱妃は少々考え、ゆっくりと落ち着かせるように言った。

「先ほどの話から考えれば、貴女の謝罪はここに人がいないことにあるのだと思うのだけど……」

「是！」

おそらくは宮の門前かこの中庭で、新たな妃に仕えるべき宮女や宦官がで迎えることとなっている手筈なのだろう。

だが、ここには誰もおらず、館にも人の気配はない。

「雨雨に問います。それは貴女の責ですか？」

「い、いえっ。ですがっ！」

朱妃は屈み込んで、雨雨の肩に手をやり顔を上げさせた。

「では謝罪してはなりません」

「ですが……はいっ！」

「どうしてこの状態であるかは想像がつきますか？」

雨雨は考えこんだ。その間に朱妃は雨雨を立ち上がらせ、倒坐房の棟の前の段差に腰掛けさせる。

「朱妃様に悪意を持った誰かがここへの宦官や宮女の派遣をやめさせたのだと思います」

「何のためにでしょう?」

「朱妃様に頭を下げさせるためです」

今度は雨雨は即答した。そして続ける。

「誰もいない宮に住まわせることで困らせ、人を派遣させてくださいと言わせたい、馬鹿にしたい者がいるのです。ただ……」

「ただ?」

「ここまでのことは責任問題となるので、通常行われないはずです」

ふむ、と朱妃が考えれば羅羅が問うた。

「ですが実際には行われました。誰がやったのです?」

流石に口調が刺々しい。朱妃は僅かに眉をひそめ、羅羅を注意した。無論、彼女が主人のためわざとそう振る舞ったということは分かっているが。

「分かりません。ただ、後宮の中でも高位のお方が関わっているか……。それか罰されない何らかの大義名分があるか、その両方かです」

朱妃より高位、あるいは同格の女性と言えば数えられるほどしかいない。

商皇后《しょうこうごう》殿下、それと朱妃はまだ会っていないが、太皇太后《たいこうたいごう》殿下、皇帝陛下の祖母にあたる人物が存命という。そして貴妃が二名、朱妃以外の妃が三名である。

あるいは実権という意味では女官や宦官の上層部か。

「現状では誰とは分かりませんし、そもそもそれが分かっても意味はありませんね。まずは現実的に対処をせねばなりません」

朱妃は二人の顔を見る。

「是」

「是」

雨雨と羅羅はそう言って頭を下げた。

「雨雨は元々は癸昭様の配下ですね。彼か彼の信頼できる配下の方にこの現状をお伝えすることは可能ですか？」

「必ずや」

「羅羅は、私の護衛を務めてください」

「承知いたしました。まさか本当に箒《ほうき》とはたきで露払いを務めることになるとは思いませんでしたが」

二人は笑い合う。御座船に乗った時の彼女の台詞であった。

笑えるうちは問題ない。そして一食くらい抜いたところで何ということもない。朱妃は思う。

彼女がシュヘラ・ロプノールであった頃に受けていた仕打ちを思えば、大したことはなかった。

こうして雨雨は一度、宮を出ることとなった。

残った二人は倒坐房に入ることとする。もちろん本来なら朱妃は北の正房に入らねばならない。

だが大きな館であればあるほど、一人で住むのは困難になるのだ。

厨《くりや》や厠があり、下働きの人間たちのための寝台《ベッド》もある倒坐房の方がよほど機能的であった。

「見事に何もないわね！」

水瓶はあれど水はない。寝台はあれど布団はない。竈《かまど》はあれど薪はない。燭台や灯籠はあれど蠟《ろう》燭《そく》や油はない。立派な厨房はあれど食材はなかった。

家の機能は全て揃っているが、消耗品などの類は一切ないのである。

「朱妃様、どうしましょうか」

ふと、彼女は襟元を摘んで服の中を見る。

丁子《ちょうじ》色の肌の上、ダーダーは目を瞑《つむ》って動かず、眠っているようだった。

「移動も疲れたし休みましょう」

「確かに、私も足が棒のようです」

そういえば朱妃は輿に揺られていたが、彼女たちは歩いていたのだった。

二人は寝台に並んで座った。

座るとどっと疲れが出てきたようだった。すぐに羅羅が眠りに落ちた。

朱妃と羅羅は使用人用の清潔だが粗末な寝台に腰掛けたまま、互いに肩を預けてうとうとと微睡《まどろ》んでいた。

「ん……。んぅっ」

朱妃の口からどこか艶《なまめ》かしい声が発せられ、瞼《まぶた》が上がる。薄い紗の下、翡翠の瞳が慣れぬ場所に戸惑うように左右に動いた。

少し日が傾いているのか、影の長さが変わっている。

――雨雨に頼み事をしているのにうたた寝してしまったわ。

朱妃は申し訳なく感じた。

使用人に仕事を任せて休むのは貴人として当然のことであり、朱妃が微睡んでいたことを雨雨が知ったとしても、むしろ休めたことを良かったと思うであろう。だが使用人に傅《かしず》かれる生活に慣れていない朱妃はそう感じてしまうのであった。

朱妃は顔を覆う紗を外す。そして襟元から内に手を差し入れた。

「きー」

「おはよう。ダーダー」

朱妃が目を覚ましたのは蜥蜴が身じろぎしたからであった。先ほど少し弱っていたような声をあげていたダーダーは、眠っていたためか元気を取り戻しているようにも見える。

朱妃は寝台の上に紗を置き、そこにダーダーを乗せた。

「んっ……」

朱妃が動いたためか羅羅の頭が持ち上がる。榛《はしばみ》色の瞳が覗いた。

「起こしちゃったかしら」

「あ、はい。い、いえ！」

慌てる羅羅に朱妃は笑みを浮かべる。

「いいのよ、ところでお客様が来たみたいだわ」

宮の外、門のあたりから複数の人の気配がする。

「使用人たちが到着したのでしょうか？」

「どうかしら……なんにせよ出迎えねばなりませんね」

羅羅が立ち上がり、朱妃に手を差し伸べる。

朱妃はそれを握って立ち上がり、表へと向かう。

羅羅は途中で椅子を一つ抱えた。中庭の十字路を北へと向かい、正房の前へと行く。

棟の基部は少し高くなっている。正房は玄関の前に四段の階段があり、そこを上ったところ、玄関前の広い場所に羅羅は椅子を置いた。

朱妃はそこに座り、羅羅は階段を一段下がった場所の脇に控えた。

皇帝の玉座が南を向いているように、主人は北に座り南を向いているものだ。簡易ではあるが瓏《ロウ》の作法通りであるといえる。

やってきたのは三名の女官。いや、一人の高位の女官が二名を従えているという方が正しいか。

先頭の女官は背後の二人と同じ服装ではあるのだが、錦糸の帯や珊瑚《さんご》の髪飾りなど、装いが一段華やかである。

容姿も美しい部類ではある。ただ目が細く切れ長の一重であり、唇も薄く、人によっては酷薄《こくはく》な印象を覚えるかもしれなかった。

女官はゆっくりと庭の十字の石畳を歩き、朱妃《しゅひ》らの正面、階段の下で拱手して膝をつき、頭を下げた。背後の二人もそれに従う。

「奴婢《ぬひ》はここ紫微《しび》城《じょう》後宮において尚宮《しょうぐう》を務めている辛花《シン・ファ》と申します。そちらにおわすは朱緋蘭妃殿下にあらせられましょうや」

羅羅は振り返り、朱妃を見る。朱妃は頷いた。羅羅は彼女たちに言う。

「奴婢は羅羅。こちらにおわすお方が朱緋蘭妃殿下に相違ありません」

すると辛花と名乗った女官は一度顔を上げ、再び顔を伏せる。

「朱妃様にお会いできたこと、幸甚《こうじん》の至りにございます。ですが先触れもなく、また許可なく永福《えいふく》宮《きゅう》に入ったことをお許しください」

ふむ。と朱妃は羅羅に頷きを返しつつも考える。

この辛花なる人物、まずは尚宮を務めていると言った。後宮の女官たちの所属は六尚二十四司であると雨雨から学んでいる。尚という部門にそれぞれ四の司が属しているという。尚宮局はその中でも人事や経理など後宮の取り纏めを行う部署であり、尚宮とは同局の長である。つまり彼女は後宮の全女官の長なのである。

「許すと仰せです」

朱妃は羅羅にのみ聞こえるように軽く咳払いを一つ。

「朱妃様が直接お言葉をくださるそうです」

朱妃はゆっくりと口を開いた。

「挨拶、大儀《たいぎ》です。平身《へいしん》をおやめなさい」

女官たちは身を起こした。

朱妃は問う。

「辛花と申しましたか」

「はい」

「尚宮とは後宮を管理する長と思って相違ないでしょうか」

「後宮を統べる長は辛商《シン・シャン》聖坤天佑瑞康寿皇后殿下をおいて他なりません。奴婢らはそのお手伝いをするのみ。ですが女官たちの長であり、後宮を管理する者の一人であるのは間違いありません」

彼女は商皇后の名に随分と長い言葉を繋いだ。貴人は尊称というか、縁起の良い言葉を名に足していくことがあるというのでそれであろう。と朱妃は考える。

そして辛という家名。瓏《ロウ》で珍しい苗字というわけではないが、恐らく商皇后と彼女は同じ一族なのではないか。わざわざ皇后殿下の名を出してきたことからそう感じた。

「うむ。ではその尚宮たる貴女に問います。この永福宮《えいふくきゅう》に本宮が住まう用意がなされていないのは何故ですか」

辛花は一度低頭してから答える。

「朱緋蘭様が嬪ではなく妃として後宮に入られると知ったのが本日のことであったがためでございます」

——やっぱり癸昭様のせいでは？

脳内で癸氏の身体を拳でぽこぽこと叩くところを想像しつつ、朱妃は辛花に告げる。

「詳しく説明なさい」

連絡が来ていなかったから。先ほど雨雨が言っていた、妃への嫌がらせが罰せられない大義名分とはこれか、と朱妃は思った。

辛花は言う。

「是。皇后殿下をはじめ、妃嬪の方々や宦官たち、そして女官ら。後宮の誰もが異国の姫君たちを嬪として迎えると聞いておりました。朱妃様にお入りいただく宮も、ここ永福宮ではなく瑞宝宮《ずいほうきゅう》の予定でした」

その瑞宝宮はここよりも小さく、嬪が入るための宮なのであろう。

朱妃は頷き、話の続きを促す。

「瑞宝宮には奴婢らが最高のもてなしの準備をしておりました。しかし新たに迎えるのが嬪ではなく妃様となれば、そちらを使っていただくわけには参りません。それが規則にございます」

辛花はそう言って頭を垂れた。朱妃は問う。

「もてなしの準備ができていないこの宮に通された理由は分かりました。それでは瑞宝宮、そちらに用意された人や物をこちらに回していただけるのですか？」

そちらに嬪は入らなかったのだ。当然の問いである。しかし辛花はそれを否定する。

「否《いな》。宮女や宦官たちに行った教育は嬪にお仕えするための作法でございますれば、妃にそのまま仕えさせることはなりませぬ。また瑞宝宮に用意していた寝具なども嬪がためのもので、妃にお出しするには格が足りませぬ」

そう言って背後の女官たちと共に頭を垂れる。慇懃《いんぎん》な所作であるが、伏した顔で嘲笑《わら》っているのだろうと朱妃は思う。

彼女の言うことにも一理ある。妃として入った者を嬪として扱うようなことをしてはならないだろうし、例えばそれが原因で宮女に不手際があったとしたら、その最終的な責任は尚宮である彼女が負うことになるのかもしれない。

だが、ここで宮女を派遣できないと断るのであれば、その責任を癸氏に負わせることができるのだろう。

――むしろ、癸氏は後宮と対立していて、私はそれに巻き込まれている？

結局、癸氏が宦官なのかそうでないのか分からないが、役人や護衛の兵を動かしていたことを考えれば、後宮の人員ではないだろう。

権力構造の中で別の部署であれば対立するのは当然と言えば当然である。

ロプノールの宮中でも王太子派と第三王子派の仲の悪さは、王宮の片隅に追いやられていたシュヘラでも知っているほどだったのだから。

「ふむ。では妃に相応しい人や物はいつ来るのです」

「正確にいつとは言えませんが、此度の嬪の方々への準備から考えれば一年はかかるかと」

――寝言は寝て言ってちょうだい。

朱妃は思わずそう言いたくなるが、口を噤《つぐ》む。

辛花は続けた。

「疑問に思われるのも尤《もっと》もでしょうが、例えば妃の方の布団一枚作るには、冬の間、幽山《ゆうざん》に飛来する白麗雁《びゃくれいがん》の胸の毛のみを集めたものを用意せねばなりません。そしてそれを布団として打つには……」

などと、妃がための逸品を用意するのがどれほど大変なのかを語る。

朱妃は幽山がどこにあって、その白麗雁なる生き物がどれほど価値があるのか知らないし興味もない。

いや、興味がないのではない。優先順位が違う。朱妃にとって大切なのは今どうするかという話なのだ。

「仔細《しさい》は不要です。要は、本宮はこの宮にしか滞在できず、貴女たちはすぐにここを調える気はないのですね」

「無論、調えて差し上げたいのですが、今の女官たちの権限と予算では調えられぬことをご理解いただければと」

予算と言った。

――ああ、なるほど。結局は賄賂の要求ですか。まあ、そもそも金なんて持っていないんですけどねー。

まあ、賄賂を渡すか、頭を下げろということなのだと思う。前者は無理だし、後者を行う気はない。

「貴女たちの言い分は理解しました。その上で三つ尋ねます」

「何なりと」

「皇后殿下や妃嬪の方々の食事の素材や水は清浄で新鮮なものをお出ししていますね」

「はい、水は毎日、霊山《れいざん》の湧泉《ゆうせん》より汲み上げた……」

「仔細は結構と言ったはずです」

朱妃が止めれば、辛花の顔に僅かに不満げな表情が浮かぶ。

「それであれば本宮への食事や水の用意がすぐにできないなどと言うはずはありませんね」

「それは……」

朱妃は言う。

「これが用意できないとあらば、女官や宦官の担当の者が責を果たしていないと皇后殿下や癸氏にお伝えする必要があると考えますが如何に？」

そう言うと、背後の女官が叫んだ。

「畏れながら言上仕ります！」

「許します」

「奴婢は尚食局《しょうしょくきょく》は司膳《しぜん》の端《トウアン》と申します」

尚食とはその言葉からして食事や水、酒などに関わる部署であろう。膳を司《つかさど》るということはその中でも特に食物に関わる者たちであると朱妃は考えた。

「本日の分に関しては瑞宝宮《ずいほうきゅう》より下げてしまっておりますが、明朝には必ずやお持ちいたします！」

辛花は悪意を浮かべた顔を端に向けた。だが端は低頭し、それを見ない。

尚宮はこれも出し渋るつもりだったのだろう。だが端はそれを無視して朱妃の言い分を認めた。

まあ、今日一日くらいは我慢すべきかと朱妃は思う。

ともあれ、女官たちが一枚岩ではなく朱妃に同情的あるいは中立の者もいると考えるべきか、それとも単にここで尚食局が食物を出さねば、罰を与えられると考えたのか。

「ではそのようになさい」

「はいっ！」

朱妃は辛花に続けて尋ねる。

「薪や炭、油といった燃料はどうでしょう。妃に与えるに相応しい格というものがありますか？」

「扱う香木、またそれを削る量については……」

辛花はそう話しはじめ、朱妃はそれを直ちに遮った。無駄な問答をする気はないのだ。

「本宮は香木や香油といったものの話などしておりません。薪や炭の話をしているのです。妃ともなれば神木を木炭にしたりするのですか？」

「い、いえ。そんな罰当たりなことはいたしません」

朱妃はにこりと笑みを浮かべてみせた。

「では直ちに炭は用意できますね？」

「い、今は在庫が……」

「瑞宝宮のために用意されたもので構いませんよ。妃と嬪で炭が変わるわけではないのでしょう？」

「はい。しかし下位の屋敷にあったものを入れるわけには……」

辛花は抵抗し、朱妃はそれをまた遮った。

「ねえ、辛花。貴女たちは炭を皇帝陛下や皇后殿下の宮で作っているのかしら？」

「は？　いえ。そんなことはありませんが」

「宦官か平民が炭小屋で作っているものでしょう？　それを陛下だろうと妃だろうと使うのです。下位の屋敷に置いてあったから何だというのですか。そのような言い訳は通りません。今すぐここに運ばせなさい」

「はっ、はい。では用意させますので失礼いたします」

「ええ」

彼女らは永福宮《えいふくきゅう》を後にした。

二人はその場から動かずにそれを見送る。

「…………ふー」

朱妃はずるずると椅子から滑り落ちるように体勢を崩した。羅羅《ララ》が近づいてその背を支える。

「朱妃様、大丈夫ですか？」

「もー…………、こういうの疲れちゃうわー」

「いえ、ご立派でした！」

羅羅は朱妃を抱きかかえ、ぽんぽんと彼女の背中を叩く。

安堵《あんど》の溜息をつきながら、朱妃は頭を巡らせる。

中原は豊かであり、瓏《ロウ》帝国は強大な国家だ。それ故にその身を蝕《むしば》む蟲《むし》どもも肥えるのだろう。

今、燃料のみは回収を命じたが、その他の瑞宝宮《ずいほうきゅう》に用意された寝具や織物などは全て女官や宦官らが持ち去ったのだろう。賄賂を渡せば回収できたのだろうが、ない袖は振れぬのである。

「御免なさいね」

「朱妃様が何を謝ることがありましょう？」

「ほら、私は月餅をいただいたけど、貴女、今日の昼から飲食してないでしょう」

羅羅はにこりと笑みを浮かべる。

「そんなのは慣れたものです。手頃な小石でも舐めておけば平気ですよ」

と彼女は砂漠で遭難しているかのようなことを言い出す。悲しいことに二人は飢えにも渇きにも慣れているのであった。

暫く待つ間に、宦官たちによって炭が運ばれてきた。羅羅はその対応をし、その間に朱妃は正房の様子を覗く。

白を基調とした柱、壁。金の装飾。一般的な家屋よりも高い天井。天井には鳳凰の絵、別の部屋には竹林の白虎、深海の海亀。達筆すぎて読めない掛け軸。永福の名に相応しい縁起の良い絵や文なのだろう。それらは美しく、だがどこか寒々しい。配色もあるが、人の気配がない建物はそういうものか。寝室に入ると、床が一段高くなっているところがあり、これが寝床と分かるが、やはり布団がないのが困ったところである。

「ただいま戻りました！」

正房の外から聞こえてきたのは雨雨《ユユ》の声だった。

機嫌が良さそうに聞こえるのは何か成果があったからか。

「おかえりなさい、雨雨」

彼女の背後には荷車が一台、そしてそれを牽いてきたのだろう宦官が二人。

「癸昭様に現状をお伝えしてきました。二十四司や二十四衙門《がもん》には何らかの注意が行くことになると思います」

雨雨の顔は晴れやかだ。

だが、朱妃《しゅひ》としては反応に困るところでもある。

二十四司は女官たちの、二十四衙門は宦官たちの組織である。癸氏がそれらの組織に注意すると言われても、そこまで影響力が強いとも思えない。逆に朱妃自身がより睨まれる虞《おそれ》もあるだろう。

ただ、少なくともこちらの状況を知っている者が外部にいるというのは大事である。

「報告、ご苦労様です。……そちらは？」

朱妃は荷車に視線をやった。

「朱妃様がロプノールよりお持ちいただいた進貢より、一部をこちらに回してもらいました」

確かに積荷の袋に見慣れた母国の焼印が押されているのが掛け布の下から覗いている。

朱妃が布を外せば、そこにはロプノールよりさらに西方で織られた精緻《せいち》な紋様の絨毯や宝石、貴金属、硝子《ガラス》製品などが見える。

「まあ……！」

そしてなによりこの匂い。棗椰子の乾果や、胡椒《こしょう》の実などの香辛料、放浪湖《ほうろうこ》の純白の岩塩や摩天《まてん》山脈の桃色の岩塩なども。

癸氏はあの旅の責任者であり、朝貢の品々を差配《さはい》できるのかもしれない。また、もちろんここにあるのは数多ある貢物のごく一部にすぎない。だが……武甲皇帝陛下に捧ぐべきものを断りもなく横流しして良いのだろうか？

彼が罰せられることがなければよいが。そう思いながらも朱妃は頭を下げる。

「雨雨、次に癸昭大人とお会いした際、朱緋蘭が心より感謝していたとお伝えください」

「はい、もちろん。でも直接お伝えした方が喜ばれると思いますよ」

伝える機会があるのかしら？　そう思わないでもないが、会えたら礼を言おうとは思う。朱妃は頷く。

雨雨は服の袖の下に手を入れた。

「ふふ、こんなのもいただいてきましたよ」

そう言って、手のひら大の白くて丸いものを取り出す。包子《にくまん》であった。

雨雨の取り出した包子を見て思わず笑みが溢《こぼ》れる。確かに妃の食事と言えるような上等なものではないだろう。だが腹を満たすには充分だ。

荷車を牽いてきた宦官たちが去り、女たち三人は倒坐房の厨の片隅で包子に齧《かぶ》り付く。

蒸し面包《パン》はまだほんのりと温かく、ふかふかで軟らかい。中の具は刻まれた豚肉に韮《にら》、椎茸《しいたけ》などか。筍《たけのこ》にあたればコリッと歯応えが変わるのがまた面白い。汁気が面包の内側に染み込んでいて、茶色くなったそこがまた美味しいのだ。

「いや、助かりました」

「ふふふ」

羅羅がそう言えば、朱妃は笑う。羅羅は昼も食べていなかったから、なんだかんだ言っても腹は減っていたのだろう。

「きー」

食事前に羅羅が寝台の脇からダーダーを連れてきたので、今は朱妃の膝の上にいる。

彼女が肉片を掌に載せて差し出せば、ダーダーは緩慢《かんまん》な動きで鼻先を近づけ、かぱりと大口を開けてそれを飲み込んだ。

蜥蜴に表情はないが、目を細めてどことなく満足そうである。

「包子……食べるんですね」

それを見た雨雨はぱちくりと瞬きをして言った。

「他の蜥蜴は知らないけれど、ダーダーは結構なんでも食べるわね」

「やはり虫の生き餌を一番好みますが、熟れた果実であるとか、こうして朱妃様が食事を分け与えても喜びますね」

包子を夕飯とし、デザートに一人一つ、棗椰子の乾果を食べる。

「甘い!?」

雨雨は初めて口にしたのだろう。驚いた様子である。

濃褐色の実は表面は完全に乾燥しているが、中身はねっとりとした食感に、濃厚な甘味。少し癖のある黒糖のような風味である。

「健康や美容にも良いと言われているのよ」

そう言いながら朱妃はまた一欠片をダーダーに与える。

「それは……后妃《こうひ》様方がこぞって欲されるかもしれませんね」

菓子としての味のみを求めるなら、瓏《ロウ》にはもっと美味なるものもある。だが、美容に良いという言葉がつくと話は別であろう。

美のためならどんな下手物《げてもの》でも食すのが後宮の女たちである。それは妃嬪のみならず、皇后殿下とて免《まぬが》れまい。この味で美容に良いというならその価値は計り知れない。

「さて、ごちそうさまでした。ところで今夜なのだけど……」

相談の結果、三人は正房の主寝室で一緒に寝ることにした。

羅羅と雨雨が使用人の寝床のある倒坐房で寝るとすると、正房が朱妃一人になってしまうのだ。護衛がいないので、せめて三人で固まっているべきだということ、布団がなく、敷物が先ほど荷車で持ってきた西方の絨毯しかないことなどが理由である。

「早くしませんと、陽が落ちてしまいますわ」

もう陽はだいぶ西へと傾いている。

「そうね、蠟燭もないのでした」

そう、灯りがないのである。また水もないので歯磨きも風呂も明日以降の話だ。女たちは庭を渡り、正房へと急いだ。

羅羅と雨雨が絨毯を担いで移動した。

寝室は部屋の奥三分の一くらいの面積が、床が一段高くなっている。ちょうど腰掛けるのに丁度良いくらいの高さだ。本来はここに布団を敷くのであろう。

ロプノールにはない建築様式である。

「絨毯をこの上に敷いてくださいますか」

雨雨が羅羅にそう言い、二人で絨毯を広げる。

「見事なものですね……」

雨雨が感嘆の声を上げた。滑らかな手触りの羊毛は全体の基調は赤。大きく黄色い四角形、入れ子のようにその中は黒の四角、さらに白の四角、内側に青の四角。それらの辺には精緻な文様が施されており、それらは近くで見れば線と円の幾何学的なアラベスク、遠目には植物の花や蔦《つた》に見える。

全体としては完全に線対称であり、点対称でもある。

「瓏《ロウ》の美と西方の美ではその思想が違うのだけれど、どちらも素敵よね」

朱妃はそう言いながら、ダーダーを絨毯の上、枕側に放った。

「踏まれないようなところにいてね」

「きー」

会話をしているかのような反応に雨雨が笑う。

三人でその上に並んで腰掛けた時、周囲は薄暗くなっていた。靴を脱ぎ、帯や装飾品を外して、楽になったところで横になる。

羅羅が帯を丸めて枕がわりにし、三人はそこに頭を乗せた。

「火は入れなくて良いですかね」

雨雨が言う。

冬は凍える玉京《ギョクケイ》も、今は秋口の快適な気候であり暑くもなく寒くもない。また砂漠とは異なり、夜の気温が急激に下がるわけではない。

布団がないので身体を冷やして風邪をひいてもいけないが、三人で身を寄せ合っていれば充分暖かいだろう。

「大丈夫ではなくて？　夜に火も、危ないでしょう」

朱妃は言う。少し、口調が硬くなったことを彼女は自覚した。一応、炭は運んであるが、火の番がいるわけではない。

「そうですね……」

羅羅の声はもう眠りに落ちかけている。

そう言えばこの部屋には暖炉や囲炉裏《いろり》はない。まだ秋だからか火鉢の類も用意されていないが、どこに火をつけるつもりだったのだろうか。

そんなことを考えている内に、朱妃の瞼も重くなってくる。

頭を傾ければ、雨雨はもう目を瞑っていた。彼女が一番疲れているだろう。

「おやすみなさい……」

応えはない。そして部屋は暗く、静かになった。

閑話2　癸氏、報告す。

「商皇后《しょうこうごう》には気をつけよ」

癸昭《キショウ》は朱妃《しゅひ》にそれだけ耳打ちして騾車《らしゃ》から離れ、馬の腹を蹴って走る。この行進のため大路《おおじ》は人払いがされている。その中央を、僅《わず》かな護衛を伴って駆けた。

気をつけよ。そうは言ったものの、辛商《シン・シャン》が朱妃に、あるいは他の嬪たちにも危害を与えるとは思っていない。

むしろ手厚く歓迎するだろう。

辛商は美しい。肉欲を刺激される傾城《けいせい》というなら貴妃《きひ》らの方が上であろう。だが、同性異性の心を等しく奪う力が彼女にはある。それはたとえ敵対者であろうともだ。

ここで朱妃が商皇后に心を取り込まれるようでは困るのだ。逆に明確に警戒して、それに気づかれても困る。ここで一言告げておくことで、疑心を持ってもらえれば良い。

癸《キ》氏はそう思っている。

馬が向かう先は紫微城《しびじょう》、ではない。午門《ごもん》の前で折れ、城の周囲を半周してさらに北へ。向かうのは北の離宮、寿和園《じゅわえん》。そこの主人たる辛慈《シン・ツイー》、慈太皇太后《じたいこうたいごう》のもとである。

美しく広大な庭園である。清浄なる水をたたえる池は湖と言っても良い広さで、その背後に聳《そび》える高さ三十丈《じょう》の山、その裾野の景観。これら全ては人の手によって造られたものだ。慈太皇太后《じたいこうたいごう》の命によって。

庭園を最も美しく見られる場所、そこに離宮がある。癸氏《キ》は景観を楽しむ暇もなく、離宮の謁見《えっけん》の間へと急いだ。

そこには護衛たちすら入ることを許されない。広くはない、ただ目も眩むほど煌びやかな謁見の間にて、癸氏は平身低頭する。頭上をゆっくり、ゆっくりと衣擦れの音が過ぎていく。

離宮の主人たる彼女が椅子につき、衣擦れの音が止まった時、控えていた宦官《かんがん》が叫ぶ。

「太皇太后殿下のお出ましである！」

癸氏は言う。

「臣たる癸が太皇太后殿下にお目に掛かります。千載千載千載《せんざいせんざいせんざい》」

「……免礼《めんれい》」

年を経て、乾いた女の声が落ちる。

礼はもう良い、そう言われた癸氏はゆっくりと頭を上げ、立ち上がった。

「ありがとうございます」

伏し目がちの視線の先、黒の靴、黒絹の下裳《かしょう》と目に入る。喪に服していることを示す黒。しかし無数の金糸銀糸で縁取られ、吉祥《きっしょう》の文字が図案化して描かれたものだ。

そして彼女の身体が目に入る。

——小さくなられた。

まずそう思った。今回、シュヘラとゲレルトヤーンの二姫を迎えるにあたり、一年近く玉京《ギヨクケイ》を離れていた。

もうすぐ古希《こき》、七十となられるのだ。当然だろう。

年相応の体格ではある。ただ、その髪は黒々としており、衣より覗く手の皮膚も、市井《しせい》の三十路《みそじ》女よりよほど艶《つや》やかであった。

「お召しにより癸昭、参上いたしました。お祖母様」

癸氏は太皇太后を祖母と呼んだ。

「哀家《あいじや》の孫、癸昭よ。よく参った」

哀家とは夫たる皇帝を亡くした皇后、皇太后の自称である。

慈太皇太后は先々帝である天碓《テンガ》帝の妃であり天海《テンハイ》帝の実母、そして現皇帝たる武甲《ウージア》帝や、癸昭の祖母であった。

癸氏もまた、尊き血を引く者であるのだ。

「また、長き旅路、大儀《たいぎ》であった」

「御言葉、感謝の極みにございます」

「辛くはなかったか」

そこには孫を労《いたわ》る慈しみの響きがある。だが、癸氏の心にそれが染み入ることはない。

「是《ぜ》。というのも我が身、万里《り》の遠くにありても、皇帝陛下の武勇と太皇太后殿下の御威光について語られぬ日はなかったからにございます。それは正に東より昇る太陽が遥か西の地までを照らすが如し。辺境の民の幼子とて瓏《ロウ》帝国の弥栄《いやさか》を熱心に祈願しているのでした」

　嘘である。

　――娼婦が男に貢がせるよう、宦官が殿上人に阿《おもね》るよう。

　癸氏はそれを自嘲しながらも滑らかに言葉を紡ぐ。

「それは重畳《ちょうじょう》」

　慈太皇太后が満足げに息を吐いた。しかしその視線は癸氏を捉えて放さない。

　彼女が片手をゆっくりと上げ、薬指と小指を癸氏に向ける。その二指には長さ七寸《すん》と六寸の、湾曲して先端の尖った指甲套《しこうとう》が嵌められている。純金に精緻《せいち》な彫金の施された付け爪であった。

「爾《なんじ》に問おう。なぜ西戎《せいじゅう》の娘を妃に上げた」

　指甲套を向けられていると、剣を突きつけられているかの如くに感じる。

　肉体的な能力で言えば、癸氏は無手であるとはいえ、護衛の宦官を制し、慈太皇太后を弑《しい》することなど容易である。だが、この威圧は尋常なものではない。到底動けるものではなかった。

　だが、問われる内容は癸氏が想像した通りのものである。

「是、お祖母様に申し上げます。四夷《しい》の女どもの間に不和を齎《もたら》すためにございます」

「格差をつけることで軋轢《あつれき》を生み、奴らが大同せぬようにするか」

「流石の御慧眼にございます」

「だがそれでは説明が足りぬ。西戎の娘である理由は何か」

つまり、不和をうむためであれば四人の誰でも良いはずであり、シュヘラを妃に選んだのはなぜかと問うた。

「まず、臣が直接連れてきたのは北と西の二姫です。東と南の姫とは玉京《ギヨクケイ》に着くまで会っておりませんので、対象となり得ませんでした。そして北狄《ほくてき》の娘では不適格です。四夷の中で、実際に中原《ちゆうげん》を脅かす力があるのは彼らのみ。彼女を妃にしたとして、力ある者を厚遇しただけと取られるでしょう」

「道理であるな」

「はっ。そして西戎の娘を不和を呼ぶため妃にすべきと考えたのは、彼女の立場にございます。彼女は生国《しようごく》にて冷遇されていたようなのです」

「……なんだと？」

慈太皇太后が動きを止める。顔に朱が差した。

「彼の国は価値なき姫を我が国に貢ごうとしたというのか！」

彼女は怒りを露わにする。そう、これは瓏帝国を馬鹿にしていると捉えられる行為なのだ。

慈太皇太后は自身、及び帝国を蔑《ないがし》ろにされることを殊更《ことさら》に嫌う。

癸氏は問責の矛先《ほこさき》を、自分からそちらへと誘導したのだ。そしてこれは朱妃個人への警戒を逸らす働きもある。

「是。そこにございます」

慈太皇太后が暫し沈黙し、納得して頷いた。

「ふむ。その娘に高き地位を与えることで、その価値ある娘を相手国では冷遇していたことを非難するか」

つまりこれは外圧を与えられるということであり、場合によっては戦争を仕掛ける大義名分にもなるということだ。

癸氏は拱手《きょうしゅ》し、低頭する。

「是。無論、遠征には時間も金もかかります。西戎が臣従し、価値を示し続ければわざわざ攻める必要もありますまい。ですが、布石は打っておくものでございますれば」

「我が孫よ。哀家は爾が瓏《ロウ》のために動いたのは理解した。明らかな越権ではあったがな」

後宮《こうきゅう》の地位を差配《さはい》できるのは皇帝と皇后のみである。たとえ太皇太后とて彼らに働きかけることはできても、直接差配はできぬのである。

「それにつきましては申し訳ございません。ただ、兵は拙速《せっそく》を尊ぶものにございますが故に、武甲皇帝陛下からは許可をいただいております。遥か万里の彼方にあって連絡をしようとすれば多大な時間がかかりますから」

当然のことではある。伝説の駿馬《しゅんめ》が開けた平原を走るというのであれば、一日に千里を走ることも可能であったという。だが、中原の道は関所や川なども多く、荷を積んだ旅人が道を塞ぐこともあろう。そのような速度では到底走り得ない。

故に遠方に赴く使者や軍を率いる将にはかなりの権限、独立裁量権が与えられる。ただ、後宮の人事に関する権利を使者に与えるなど通常あり得ることではないが。

「お祖母様」

癸氏は問責の場であれば太皇太后殿下と呼ぶべき状況で、敢えて祖母と呼んだ。

「なんだね、我が孫よ」

「お祖母様にお土産がございます」

ふん、と慈太皇太后は笑った。

「爾が賄賂《わいろ》とは珍しいの。出してみよ」

癸氏は賄賂を贈らず、受け取らぬ清廉な人物であると役人や宦官たちの中では有名である。

それは清廉であるというよりは、賄賂でできた関係に拘泥《こうでい》されるのを嫌っているからである。

「是、失礼します」

癸氏は自ら部屋の入り口に戻り、すぐ外に控えさせていた護衛に持たせていた箱を受け取る。

その箱もまた螺鈿《らでん》細工の施された芸術品と呼んで差し支えないものだ。

それを一度、慈太皇太后に向けて捧げ持つと、近侍の宦官に渡した。

宦官が中身を検め、首を捻る。価値のあるもののように見えなかったのだろう。彼は太皇太后の前で跪き、それを渡した。

彼女もまた中身を見て僅かに首を傾げた。指甲套で器用に中身を摘み上げると、目の前に翳す。

それは茶褐色の礫であった。

「なんだね、これは」

「棗椰子《デーツ》なる木の実を干し、陽の力を込めた乾果《ドライフルーツ》にございます」

「菓子か」

「木の実とは思えぬほど甘いものですが、薬にもございます」

「ほう」

「健康を増進させ、美容にも良いと」

「ほう！」

癸氏はこれがロプノールよりもさらに西の地で栽培されているもので、彼の地の交易品であることを伝えた。

彼の地でのこの食物の評価もまた伝える。砂漠を渡るほどの力を与えると。美と健康に良い成分が多く含まれていて、古代の西方の美姫が愛した食物であると。

慈太皇太后はそれらの話を身を乗り出して聞いていた。

「はよう、はよう！」

慈太皇太后は尚食局《しょうしょくきょく》の毒味役をすでに呼び出しているが、到着が待ちきれぬ様子であった。

慈太皇太后の最大の興味は長寿と美容にある。

癸氏が普段賄賂を贈らない理由は、ここぞという時に相手が真に欲しがるものを選んで贈るためである。その時に、普段から賄賂を渡していれば、その感動が薄まる、そういう戦略であった。

急ぎ呼び出された毒味の娘は慎重な手つきで棗椰子の乾果を半分に割り、それを口にした。彼女の顔が綻ぶのを見て、太皇太后は待ちきれぬ様子でそれを口にする。

「なるほど、なるほど。素朴な味ではあろう。だが大いに滋味を感じる」

「在下《ざいか》も現地で食しましたが、そう感じました。これは是非お祖母様に食していただかねばと」

「好《よし》。この乾果を毎日、哀家に届けよ」

「御意。薬も過ぎれば毒と言われます。これは一日二粒までが良いと聞き及んでおりますので、そのように差配いたします。西戎にもそう伝えておきましょう」

こうして癸氏はお褒めの言葉と謝礼として金子を受け取って紫微城《しびじょう》へと帰ったのであった。

第４章　皇帝との邂逅。

真ん中に寝ていた朱妃《しゅひ》が真っ先に目が覚めた。

羅羅《ララ》と雨雨《ユユ》に抱きつかれている。柔らかい感触が身体の両側から伝わってくるのは良いのだが。

「……暑いわ」

頭を持ち上げて周囲を見ても真っ暗である。まだ夜も明けていない時間だ。ただ、昨日は日没と共に寝ているので頭は割とすっきりとしている。

西方の時刻で言えば三時かそのくらいであろうか。中原《ちゅうげん》の文化で言えば丑《うし》か寅《とら》の刻ということになる。

夜明け前が最も冷えるという言葉通りに、空気は冷たく感じる。雨雨の双丘《そうきゅう》に挟まれている手をゆっくりと引き抜いた。

「んっ……」

その胸は豊かである。少なくとも朱妃よりはずっと。

引き抜いた手を彼女の背の方に回せば、やはりそちらは冷えている。両側の二人に抱きつかれているのはこれが原因だろう。

「はい、ごろん」

朱妃は雨雨に寝返りを打たせるようにひっくり返した。

「ん、しゅひさま……？」

寝惚《ねぼ》けた声が返ってくる。

「まだお休みなさい」

――腰を冷やすのは良くないからね。

そう思いながら身体をとんとんと叩くと、冷たくなっている背中が朱妃の身体で温められたからか、目を覚ましかけた彼女はまたすぐに眠りに落ちる。

同じように朱妃は羅羅もひっくり返した。

背中と尻に挟まれ、火照《ほて》った身体が冷えて気持ち良い。朱妃もまたすぐに眠りに落ちた。

次に目を覚ましたのは夜明けである。

「おはようございます、朱妃様」

僅《わず》かに光の差し込む暗がりの中、すでに起きて身支度を調えている羅羅が声をかけた。先に部屋を出たのか雨雨の姿はない。

正房《せいぼう》の宮の外から物音が聞こえる。

「どうしたのかしら」

「雨雨さんが言うには、朝になったら女官や宦官《かんがん》が荷物など運んでくるものだと。でも、今日は絶対嫌がらせのために夜が明けてすぐにやってくると言って、その対応のため外で待っているそうです」

　この時期、夜が明けるのはちょうど卯《う》の刻である。その前から動いているとは、嫌がらせする方もされる方も大変ね。朱妃はそう思いながら身嗜《みだしな》みを整えて外へと向かった。


　庭へと出ると肌寒い。

　そこにいたのは昨日も来た尚宮《しょうぐう》の辛花《シン・ファ》と二人の女官である。一人は尚食局《しょうしょくきょく》は司膳《しぜん》の端《トゥアン》と言ったか。もう一人は名乗っていないが、炭を運んできた時に、尚寝局《しょうしんきょく》の司灯《しとう》、つまり燃料や灯りを管理する女官であると聞いている。

　その背後には荷車とそれを牽《ひ》く宦官たち。

　雨雨《ユユ》がこちらに気付き、まずは挨拶の言葉を述べた。朱妃はそれに応じてから、昨日と同じ位置に用意された椅子に座る。羅羅と雨雨がその一段下に立った。

　辛花が礼をとる。

「おはようございます、朱緋蘭《ジューフェイラン》妃殿下。よくお休みになりましたでしょうか」

「ええ、おはよう。気遣い感謝します」

「まずは昨日、差配《さはい》が間に合わなかった油と蠟燭《ろうそく》をお持ちしました」

　司灯の女官が拱手《きょうしゅ》して礼をとる。

「大儀《たいぎ》です」

　朱妃は頷く。

まあ、正直なところ絶対に昨日持ってくることが可能であったはずである。一晩、不便と不安を感じさせるためにわざわざ一日届けるのを遅らせたに相違ない。

――まあ、寝てましたけどね。

つまり特に問題はなかったということである。

「そしてこちらが本日のお食事になります」

辛花の言葉に昏い愉悦《ゆえつ》の感情が漏れるのを朱妃は感じた。

端という司膳の女官は淡々と宦官らに命じて筵《むしろ》を敷かせ、荷台からその上に荷物を移していく。

巨大な甕《かめ》が五つ、それ以外にも小さなものも。積み上げられていく袋は米か小麦粉などか。束ねられている野菜の緑はみずみずしく、最後に宦官たちが載せられていた板ごと置いた二つの肉塊は、巨大で、桃色の断面が美しかった。

「立派な肉ですね。それらは何の肉でしょうか」

肉の色が僅かに違うことからして種類が異なるように感じたため、朱妃はそう尋ねた。

端が答える。

「本日は牛肉と驢肉《ろにく》を半分ずつお持ちいたしました」

驢肉とは驢馬《ろば》の肉である。

天上竜肉、地上驢肉。天には竜の肉があり、地には驢馬の肉があるという言葉がある。朱妃は食したことがないが、驢馬の肉は高級で美味であるという意味だ。

辛花が続ける。

「それぞれ八斤《きん》ずつ、十六斤ございます。明日以降は奴婢《ぬひ》が直接ここに参ることも少なくなるでしょうが、尚食や宦官らに毎日持たせますので」

十六斤といえばおよそ朱妃の体重の四分の一である。

「……これを明日も？」

「ええ、第二位の妃嬪《ひひん》である妃には一日十六斤の肉と、霊山《れいざん》より汲んだ水を甕に五杯、その他に穀物や野菜などが与えられると法で定められていますので」

彼女は当然であるようにそう言った。

「毎日十六斤……」

「これは武甲皇帝陛下よりの賜り物ということをお忘れなきよう。棄てたり腐らせたりしたら死罪もありえますので。では失礼」

そう言って、彼女たちは去っていく。後には大量の水と食材が残された。

朱妃と羅羅、雨雨は顔を見合わせる。

朱妃は言った。

「どうしよう、羅羅、雨雨。私一日に頑張って食べたとして一斤くらいかな。二人で残り十五斤食べてくれる？」

「無理に決まっていますでしょう」

羅羅は呆れたように言った。

一日七斤半の肉を食えと言われても、無理に決まっている。そもそも少食である朱妃が一日一斤食べるのだって無理であろう。

雨雨も言う。

「この与えられる肉や穀物の量というのは、使用人たちに分け与える前提ですからね。妃嬪としての位が高い方が多くの肉を与えられる、つまりそれだけ多くの使用人を雇えるという方策なのですが」

つまり、この大量の食物は、妃《ひ》に与えられる適正な量であるということだ。十六斤の肉を等分して一人一日半斤食べるとすれば……それだって女性にとっては多いが……単純に計算すれば三十一人の使用人を養えるということである。

朱妃は溜息をつく。

「父である王は侍女としてロウラ、……羅羅しか連れていくのを許さなかったし、タリムはじめ将兵たちもみな国に帰ってしまいました。そして辛花尚宮は嫌がらせでこちらに女官や宦官を連れてこないと……」

尚宮はそのあたりを狙ったのであろう。後日この宮にやってきたときに、肉の腐ったものを指摘して責めるつもりだろうか。

「どうしましょう？」

羅羅が問う。朱妃は置いていかれたものを見る。

水甕は女手では到底運べる重さではないし、穀物の袋もそうだ。

「まずはせめて肉と野菜だけでも冷暗な場所に持っていきましょう」

二人は頷く。三人がかりで倒坐房《とうざぼう》の厨《くりや》へとそれらを運んだ。

厨房の脇の小部屋が棚の並ぶ貯蔵庫だったので、そこに肉や野菜、ロプノールの香辛料などを並べていく。

「食事もそうですが、まずは妃殿下の身嗜みを整えていただかねば」

雨雨が言う。

朱妃は妃である。美しくあることが最大の仕事であると言えよう。

「沐浴《もくよく》は夕方までに用意するとして、まずは顔を洗っていただいて……」

甕を持ち上げられないので、厨から薬缶《やかん》や鍋を持ってきて甕から水を汲む。

霊山《れいざん》で汲んでそれを運んだという透明で清浄な水だ。ちなみに龍河《ロンガ》の水は飲用には向かない。大量の土砂を運んでいる黄土色の水だからである。

ただしあれは上流の栄養の豊かな土を運んでいるために、農業用水としては最適である。中原の豊かさを支える柱ともいえよう。

雨雨がその水を口に含んでから、口元を隠して吐いた。

「奴婢は司膳の毒味役ではないので何とも言えませんが、それでも毒はなさそうですと一応」

向けられる悪意を思えば毒を飼われる可能性がないとはいえない。だがその可能性は低いと考えている。それこそ責任問題になるからだ。

昨日今日の辛花尚宮の動きから考えるに、現状では自分に責任や害の及ばぬ範囲で嫌がらせをしているのではないだろうか。

「ありがとう」

昨日、雨雨が癸氏のところから持ってきた中に、船中で使っていた歯刷子《ブラシ》などもあったのでそれで歯を磨く。

牛の角を削って加工された柄に馬の毛が植えられた刷子である。優雅な曲線を描く柄には瓏《ロウ》の文字で邪気祓《はら》いの呪《しゅ》が紋様のように刻まれている。歯を痛くさせる悪しき霊が寄らぬようにされているものだ。

朱妃が歯を磨いている間に、羅羅は鍋に水を入れて竈《かまど》の上に置いた。

「布をお湯で濡らして清拭《せいしき》だけでもしていただければと。それとお茶をお淹れしましょう」

雨雨は朱妃の後ろに回ると、髪を解いて櫛《くし》を入れはじめた。頭皮に当たる椿《つばき》の櫛歯が快い。

朱妃がしゃこしゃこと刷子を動かしている間に、羅羅がカチッカチッと石と金を打ち付ける音が何度も響く。

竈に炭と藁《わら》を入れて格闘している。燧石《すいせき》を火打金《ひうちがね》に叩きつけて火花を散らし、藁に火をつけようとしているのだが上手くいかないようだ。朱妃の視線の先で、屈んで突き出されている羅羅の尻が何度も揺れる。

朱妃が歯を磨き、口を漱《すす》ぎ終えたところで、申し訳なさそうに羅羅が立ち上がって燧石と火打金を朱妃に差し出した。

「朱妃様、お願いしてもよろしいですか？」

「ええ、もちろんよ」

朱妃がそれらを受け取り、雨雨は首を傾げる。

「火をつけるのは大変ですが、朱妃様に渡しても仕方ないでしょう。というか万一、石で指を叩かれるようなことがあったら危険です」

雨雨がそう言うが、朱妃はそれには応えず、羅羅は首を横に振る。火打金は木の取手に半月状の鋼が取り付けられたものである。朱妃はその持ち心地を確認するかのように左手の内で何度か持ち直し、右手で燧石を弄《もてあそ》びながら竈の前に屈み込んだ。

ゆっくりと素振りするように右手を上下させる。

「朱妃様は達人ですから」

そう羅羅が言った刹那、朱妃の右手が振り下ろされた。

カッと高い音が鳴り、左手の火打金が削れて橙《だいだい》の火花を放つ。生み出された火花に朱妃はそっと息を吹きかけた。

火花は狙い過たず藁の上に落ち、藁が橙に染まっていく。その火は別の藁に、そして木切れへと燃え移っていき、赤々とした火種となって炭を熱する。

炭とはなかなか火が燃え移らないものである。

しかし、雨雨が見つめる先で炭の上に陽炎《かげろう》がたった。

「嘘っ……」

「お見事です」

雨雨が呆然と呟き、羅羅が頭を下げる。

朱妃は振り返って羅羅に燧石を返しながら、ふふんと自慢げに笑ってみせた。

三人で順に歯を磨き、顔を洗う。服を脱ぎ、湯に浸けた布で身体を清める。

そして卓につき茶を喫《きっ》する。茶会ではないし、聞香杯《もんこうはい》などは使わない。淹れられたのは青茶である。御座船《ござぶね》での癸氏との茶会の後、茶葉を貰ってきたものだ。

梔子《くちなし》色の、僅かに赤みがかった黄色の液体を朱妃は口に含み、鼻に抜ける清香《せいこう》を楽しむ。

「こちらのお茶の味も慣れてきたわ」

砂糖も蘇油《バター》も入れないため、甘みもまろやかさもないお茶であるが、その爽やかな香りやすっきりとした味わいも良いものと思える。

特にこうして朝に喫するのは目が覚めるようで好みであった。

雨雨が応える。

「それはなによりです。瓏《ロウ》にはまだまだ沢山の茶の種類がありますので、楽しんでいただけたらと思います」

「どんなものがあるのかしら？」

雨雨は指を折りながら言う。

「細かく言えば千を超える品種がありますが、大別すると茶葉の発酵度合いの順に、緑茶、白茶、黄茶、青茶、紅茶ですね。それと長期間寝かしておく黒茶が六大茶です。それ以外には邪道と呼ぶ人もいますが、花の香りを茶に移す花茶や茶以外の香草を使う茶外茶《ちゃがいちゃ》と呼ぶものもあります」

朱妃は感心し、羅羅は笑う。

「雨雨さんはお茶詳しいですよね」

「趣味なので」

そう言って雨雨ははにかんだ笑みを浮かべる。

朱妃は尋ねる。

「こうして朝に飲むお茶は何が良いのかしら？」

「今喫しているこれは青茶の中では香気が良いものですから向いていますよ。爽やかな緑茶も良いでしょうね。扶桑《フソウ》では緑茶しか飲まれないと聞いたこともあります」

裳《も》唐衣《からぎぬ》の重ねを纏《まと》っていた黒髪の女性、楽嬪《がくひん》の姿が脳裏に浮かんだ。彼女も今、与えられた宮で緑茶を喫しているのだろうか。光輝嬪《こうきひん》は、筍嬪《じゅんひん》はどうしているのだろうか。

朱妃がそのようなことを考えていると、話題を変えるように雨雨が言う。

「ところで朱妃様の先ほどの火付けの技なのですが」

「やあね、技なんて大したものではないわよ」

「いえ、奴婢は感服いたしました。ここ紫微城《しびじょう》で火を一度でつけられる者など厨師《ちゅうし》にすらいないでしょう」

少し奇妙な物言いに感じたが、朱妃はそこには触れず、居住まいを正す。

羅羅と雨雨も背筋を伸ばした。

「雨雨、貴女に話しておかねばならないことがあります」

「は、はいっ」

ぐー……………。

しかし腹の音がそれを遮《さえぎ》った。

昨日の昼はなし、朱妃は月餅《げっぺい》を食したが二人はそれもなく、夕飯は包子《にくまん》と棗椰子《デーツ》の乾果《ドライフルーツ》だけである。若い娘たちの胃は空腹を訴えた。

「食事を作りながらお話ししましょう」

そういうことになった。

面包《パン》を寝かせる時間も待てぬし、ちゃんとした料理をする時間もない。点心《てんしん》を作ることとする。瓏《ロウ》の料理では菜《サイ》がメインディッシュを意味し、湯《タン》が羹《あつもの》、スープを意味する。

点心は軽食の類であり、昨日の夕食の包子も点心である。

羅羅と朱妃が驢肉と野菜、特に貯蔵に向かない葉物に卵を持ってきた。二人は卵を溶き、肉や野菜を包丁で刻む。

雨雨は小麦粉を水で溶いて練り始める。

「朱妃様は包丁もお使いになるのですね」

作業しながらも雨雨は問う。

決して手際が良いというほどではない。厨師や家庭の主婦に比べればずっと劣るであろう。とはいえ、タンタンと小気味良く俎板《まないた》を包丁が叩く律動《リズム》は一定で、危なっかしさなどは微塵《みじん》も感じさせない手つきでもあった。

「そう。おかしいでしょう？」

一国の姫が厨に立つか否か。

国や地域、時代によっても異なるだろう。だが少なくとも瓏《ロウ》の公主《こうしゅ》たち、現皇帝にはまだ子がいないので、前皇帝の娘という意味になるが、彼女たちの中で料理ができる者は誰一人としていないはずだ。

朱妃は続ける。

「これは船の中でも話したことだけれど、私、ロプノールの王宮で冷遇されていたのよ。食事だって出ない日があってね。それで包丁の使い方を羅羅から教えてもらったの」

一国の姫が食事すら出ないほど冷遇されるものなのかと雨雨《ユユ》は一瞬思ったが、瓏の後宮《こうきゅう》では皇帝の子供すらしばしば殺されるのであった。

「羅羅さんは朱妃様の先生なのですね」

雨雨はそう言って言葉を繋ぐ。

羅羅がやめてよと言って笑った。

「それで、そもそもなぜ私が疎まれているかという話になるのだけれど」

朱妃は包丁を置いた。

雨雨も粉だらけの手を止めて彼女の瞳を見る。

「私、呪われているの」

「呪われている……ですか」

雨雨が鸚鵡《おうむ》返しに言う。羅羅は痛ましそうに眉をひそめた。

「私のいた部屋で、火事が四度起きているのよ。火の気なんてなかったのに」

「それは……」

雨雨は絶句する。

間違いなく悪霊に憑《つ》かれているなどという話になるだろう。

まだそんなに長い月日が経ったわけではないが、それでも雨雨が朱妃と接する日々の中で、彼女が悪であるだとか呪われているような気配などを感じたことは一度もない。

それでも流石に考えられない回数であった。

瓏帝国であったら、私刑で殺されているかもしれない。雨雨はそう思う。

実際、瓏や扶桑《フソウ》のように木造建築の多い地域であったらそうだっただろう。あるいは延焼して彼女自身の身が焼かれていたかもしれない。

シュヘラ・ロプノールが冷遇されつつも生きてこられた理由は、火事によって死者が出ていないからに他ならなかった。


点心には二種類ある。甜点心《テンてんしん》と鹹点心《カンてんしん》である。甜とは甘いという意味で、おやつのようなものだ。月餅はこれにあたる。鹹とは塩辛いという意味で、軽食といえるようなものである。今、朱妃らが作っているのはこちらだ。

細切りに刻んだ驢肉を焼く。味付けには贅沢にも削りたての摩天《まてん》山脈の桃色の岩塩と、挽《ひ》きたての胡椒《こしょう》を使った。

刻んだ葉物野菜を鶏卵でとじて炒める。これらは朱妃と羅羅の担当だ。それらを白磁の皿に盛る。

「あらダーダーおはよう」

「きー」

いつの間にやってきたのか、ダーダーが竈の前に寝そべっている。

暖かくて気持ち良いのか満足そうな様子だ。

雨雨《ユユ》は小麦粉を練って水気のある塊にしたものを手にし、印を捺《お》すように熱された鉄板に押し付ける。そしてぐりぐりと広げて手を上げれば、鉄板の上に白い円が描かれた。

色付いたそれを箆《へら》で持ち上げ剝がすと、狐色のクレープ状のものができる。鉄板の空いたところに再び印を捺すように小麦の塊を押し付けてそれを繰り返す。

こうして何枚も円盤上の小麦の生地を作り、積み上げた。

「さあ、できましたよ！」

朱妃はダーダーを拾い上げて肩に乗せると、皆で食べ物と食器を抱えて正房へと戻る。倒坐房にも食堂があるのだが、使用人のための狭いもので、当然ながら正房の食堂が立派であるからだ。

外に出れば食事の用意をしている間に日は完全に昇り、隣の宮からも炊事の煙が立ち上っているのが見える。ただ、妃嬪たちはまだ床の中であるかもしれない。

円卓に具材の載った皿を並べ、生地を積み上げた籠《かご》を置く。

「ではいただきましょう。羅羅、雨雨も一緒にね」

「お食事を召し上がっている間に、お茶を淹れようと思っていたのですが」

「後でいいわよ。冷める前に食べないと。そもそも、どうやって食べるのか教えてくれないと」

雨雨が言うが、朱妃はそれを留めた。使用人が主人と席を共にすることは基本的にないが、三人で体裁に拘《こだわ》っても仕方ないのだ。

「では失礼して……」

雨雨は円盤状の生地を一枚、箸で摘むと、それを左手の上に載せる。焼いた驢肉と刻んだ葉物野菜を箸で摘んでは生地の上に載せて、くるりと丸めて筒状にする。

「これが春餅《チユンピン》です。……えっと毒味は」

「一緒に作っていたのだし毒味も何もないけど、先に食べていいわ。私も作ってみるから」

朱妃は自ら箸を手にし、皮を籠から取る。箸の使い方については御座船の旅の中で雨雨から教わっている。

まだ少し覚束《おぼつか》ない手つきでぷるぷると持ち上げた。肉や野菜をその上に載せてくるりと巻く。

鼻を寄せれば胡椒の香りが刺激的である。腹が早くと急かすようにきゅるりと鳴った。

「美味しい！」

口に運べばもっちりとした小麦の皮の中からシャキシャキとした青菜。

そしてたっぷり載せた驢肉は初めて食べるものだが、脂が少ない赤身肉である。しっかりとした歯応えがあるが、硬すぎたりパサついたりする感触はない。そして塩胡椒のみの味付けであるのにどことなく甘みを感じる肉であった。

「これは美味しいですね」

羅羅も言う。

三人ともぺろりと一つ平らげたあとで、雨雨がお茶を淹れに戻った。

朱妃はその間に、塩胡椒を振らずに焼いて細かく刻んでおいた肉をダーダーに与える。

雨雨が戻ってきて、淹れたお茶を朱妃に渡しながら尋ねる。

「考えていたのですけども……。朱妃様の部屋で四度も火事があり、それで誰も死んでいないというのであれば、それは呪いではなく祝福であるのではないでしょうか」

朱妃は俯《うつむ》く。お茶の黄色い水面に彼女の顔が揺れた。

「……そうかもしれないし、そうでないかもしれないわ。呪いと祝福は表裏一体という言葉もあるし、本質は変わらないかもしれない。そうも思っているの」

「ええ」

「もちろん、私が忌《い》まれていた過去は変わらないわ。ただ、それを殊更《ことさら》に気に病むつもりもないの」

「そうです、それが良うございます！」

羅羅が言い、雨雨も頷いた。しかし朱妃が二人を見返した表情は硬く強張《こわば》った真剣な表情だ。二人が居住まいを正した後に、彼女は視線を部屋の壁の方に向けた。二人の視線もそれを追う。

「でもね、私も気をつけるけど、貴女たちも本当に、細心の注意を払ってほしいの。この紫微城《しびじょう》で火事を起こしたら、おそらく死ぬわ」

視線の先には朱塗りの柱、そして竹林に遊ぶ仙人たちが描かれた掛け軸。当然、素材は木であり紙である。

火事が起きれば宮が燃え落ちるだろう。それは朱妃たちの命を直接危うくするし、もし大火となればたとえ生き延びても処刑されるであろう。

二人は顔を青くして頷いた。

「きー」

なぜかダーダーも理解を示すように鳴いた。

朱妃は笑みを浮かべて、ぱんと手を鳴らす。

「さあ、続きを食べましょう！」

まだまだ皿の上には春餅が残っているのであった。

こうして三人で朝食を平らげる。肉も野菜も食べ切った。小麦の皮は多少残ったが、これは後でも使えるだろう。

「もうお腹いっぱい！　お肉は五斤くらい食べたかしら」

「三人で一斤くらいですね」

「……これは無理ね」

肉は残り十五斤あるのである。当然食べ切るのは無理であった。

朱妃は言う。

「この肉について考えていたけども、とりあえず追加の人員が来るまでは保存食にしておけば良いのかしら」

「確かにそうですね。岩塩や香辛料、炭も充分にありますから保存食作りは可能でしょう。ただ奴婢と羅羅さんの二人、妃殿下に手伝っていただいても三人でそれを行うというのは……」

中原にも肉乾《ロウカン》などと言い、干し肉の文化がある。無論、北方の遊牧民にも東西交易のロプノールにもあるものだ。旅人たちは必ず携帯しているものでもある。

雨雨《ユユ》の言葉に羅羅は首を傾げる。

「干し肉を作るのはそんなに大変ですか？」

「え？」

朱妃も首を傾げる。

「陽に当てておけば良いのではなくて？」

「ええ？」

なんでそんな勘違いをと思った雨雨であるが、話しているうちに分かってきた。砂漠では肉が腐ることがほとんどないのである。

朱妃たちが腐るということを知らないわけではない。水気の多いものや水場にあるものは放置すれば悪くなる。だが乾燥しきった砂漠において、肉を血抜きして内臓を抜いたものを放置すればそれは乾いていくだけなのである。

それは死体が木乃伊《ミイラ》になるように。

雨雨は言う。

「朱妃様、羅羅さん。玉京《ギヨクケイ》で肉を放置すると……腐りますし、蠅《はえ》などの蟲《むし》が集ります」

「なんと」

「なんと」

「ちゃんと管理し、加工しないといけません」

――それは大変そうだなあ…。

朱妃はそう思う。

実際問題、肉だけなんとかすれば良いというものでもない。他にもすべきことは沢山ある。

「難しいものね。もちろん保存食にできるからといって、そうすれば良いというものでもないけど……」

「なぜでしょう?」

「明日以降もお肉が運ばれてくるからよ」

ああ、と二人は頷いた。

今日のみ肉が大量にあるのならこれを保存食にするのは好手であろう。しかし毎日来るのであれば、腐るのを引き延ばすのにすぎないからだ。

「雨雨、できるなら今ある肉で、今日食べる分を除いて保存食にできるかしら。根本的な解決策はまた考えるとしても、実際にその手間など見ておきたいの」

「是《ぜ》」

そう話していると、遠く、南東で銅鑼《どら》の音が響く。午門《ごもん》の開門の合図だ。

そして無数の足音と衣擦れの音が聞こえてくる。

「儀式が始まったのね……」

朱妃は呟く。それは事前に聞いていたことであった。

昨日、朱妃をはじめとする四人の姫が後宮へと入った。それは彼女らを含めた朝貢《ちょうこう》の品々が紫微城《しびじょう》に着いたことを意味している。

そしてそれは同時に、武甲皇帝の親征《しんせい》が四夷《しい》を服従させ、全て成功のうちに完了したという意味となる。

つまり、前宮《ぜんきゅう》では今日、親征の成功を祝う儀式が行われるのだ。

「太極殿《たいきょくでん》の前には広い、とても広い広場がありますが、そこに文武百官が立ち並んでいるのです。もちろん見たことはないのですけど」

雨雨が言う。

前宮は女人禁制である。つまり朱妃らは参加することができない。よって、話には聞いていたが、特に何かすることはないのだ。

ちなみに女人が前宮、つまり朝廷部分に入るのは皇后が輿入れする際のみである。つまり存命の人物の中でそちらを見たことがあるのは、商皇后《しょうこうごう》殿下ただ一人であった。

周囲の妃嬪たちも気になるのか、高殿《たかどの》などへと上り、そちらを見ている者もいるようだ。

朱妃も西廂房《せいしょうぼう》の玄関前の階段の上に立ち、背伸びをしてみるが、もちろん塀に遮られて見ることはできない。ただ、皇帝の玉座があるという太極殿の黄色い屋根が見えるだけである。

「屋根しか見えないわ」

当たり前だが広場の人が見えるようでは困るのである。それは広場から後宮が覗けてしまうということだからだ。

楽の雅《みやび》なる音色が風に乗って聞こえてくる。そして楽の音が止まると共に再び銅鑼が打ち鳴らされた。すると声が聞こえてくる。

「皇帝陛下の御成りである！」

もちろん、ここから玉座が見えようはずがない。それでも女たちは皇帝が見えるかもしれないと首を伸ばしているのだろう。

広場からは玉座が見えるのだろうか。玉座の皇帝は人々をどんな顔で睥睨《へいげい》しているのだろうか。

「拝！」

衣擦れの音、靴が地面を擦る音が響く。文武百官の全てが同じ動きをとっているのだろう。それぞれの音は小さくとも、無数の音が重なり大きな音となる。

「起！」

彼らは石畳に跪き、拱手してその合わせた手が地につくようにして頭を垂れたのであろう。そして立ち上がる。これが拝である。

「拝！」

「起！」

それが繰り返される。

朱妃も跪きはしなかったが、皇帝陛下の座す太極殿に向けて拱手し、頭を垂れた。

「拝！」

「起！」

「拝！」

「起！」

「拝！」

拝と五度繰り返され、しかし次の言葉は起ではなかった。

「一叩！」

鈍い音が響く。

「二叩！」

それは男たちが額で石畳を叩く音だ。

「三叩！」

それは三度繰り返された。

「起！」

五拝三叩《ごはいさんこう》の礼、天帝たる皇帝陛下への最高の敬意を示す礼であった。

「皇帝陛下万歳万歳万歳！」

「万歳！　万歳！　万歳！」

そして続くは耳がおかしくなるほどの音量の唱和である。朱妃は、ほう、と溜息をつき、庭へと下りた。

太極殿《たいきょくでん》前での儀式は続く。

今はおそらく、ロプノールをはじめとした国々の進貢《しんこう》に対して、皇帝がそれを受け入れる入貢《にゅうこう》の儀が行われ、そして彼らへの回賜《かいし》として、数多の財が返礼に贈られているところだろう。

朝貢とは中原の周辺国家が瓏《ロウ》帝国に従い、富を吸い上げられるというものではない。その意味で朝貢は植民地とまるで異なる。

周辺諸国家は帝国の徳《とく》を慕って頭を垂れて貢物を捧げ、国家としての上下関係を明確にする代わりに、帝国は彼らを国や王として認め、進貢されたものに数倍する返礼を贈らねばならないというシステムだ。

つまり、瓏帝国にとっては経済的な損失である。無論、周辺国家との友好関係や治安維持のために軍事費を費やさなくて良いという恩恵もあるが。

さて、ロプノールの今回の朝貢において、シュヘラの護衛の任に当たっていた将のタリムは非礼にも途中でロプノールへ帰った。しかし貢物を紫微城《しびじょう》に運び、また母国へと持ち帰るための使者とその護衛はそちらに参加しているはずだ。

——彼らもこちらに挨拶すら来ませんでしたけどね！

ロプノールを出国する際に挨拶は受けたが、それから後宮に入るまで一度も接触してこないのもまた充分非礼であると言えるだろう。

朱太后秘録
1
私が妃だなんて聞いてませんが！
ただのぎょー
Illustration おの秋人
初回版限定
封入
購入者特典
特別書き下ろし。
陳氏、騾車に揺られる。
※『朱太后秘録 ①　私が妃だなんて聞いてませんが！』をお読みになったあとにご覧ください。
EARTH STAR
LUNA

陳氏、騾車に揺られる。

陳《チン》氏が船を下りると、出迎えの群衆の中に笑みを浮かべながらぶんぶんと手を振る若い女官の姿が見えた。

「お帰りなさいませ、陳医官！　長き旅のお務め、お疲れ様でした」

「うむ、娜娜《ナナ》。やっと戻ってきたぞよ。いやー疲れた疲れた」

陳医官と呼ばれた老爺は、疲れたと口にしながらも軽い足取りで娜娜なる女官へと近づく。

ここは龍涙《ロンレイ》の湊《みなと》。

癸《キ》氏率いる一行が御座船にて龍河《ロンガ》を遡上してシュヘラ姫とゲレルトヤーン姫を迎えにいき、陳もまたそれに同行した。そして両名と朝貢の供物を載せて、帝都玉京《ギョクケイ》に最も近い湊に戻ってきたところである。

周囲では男たちが荷下ろしに忙しく働き、また護衛に囲まれて姫たちが騾車《らしゃ》に乗るところであった。

彼女たちは龍涙から玉京までは騾車に、玉京に入っては輿に乗って紫微城《しびじょう》の後宮《こうきゅう》へと入るのである。

「ひょひょ」

陳氏は笑いながら手を振る。

その視線の先、朱緋蘭《ジューフェイラン》、朱妃《しゅひ》と名を変えたシュヘラ姫が柘榴《ざくろ》色の髪を揺らして軽く頭を下げながら騾車に乗り込んだ。

陳氏と娜娜もまた、妃嬪《ひひん》たちが乗るような豪華な造りのものではないが騾車に乗り込み、向かい合わせに座る。彼の本来の仕事は紫微城の後宮の医官であり、久しぶりにそちらに戻るのである。

娜娜が問う。

「今挨拶されていた方がシュヘラ姫ですか？」

「おや、分かるかね？」

「ええ、西方の砂漠の民の正装でしたから。刺繍《ししゅう》が綺麗でしたよねっ」

「確かにそうじゃのう」

陳氏は肯定するが、彼の地の王族の輿入れともあれば、もっと金や玉を沢山付けてその身を飾るものだと思う。彼女にはどうも幸薄さを感じてしまうのであった。

彼は言葉を続ける。

「シュヘラ姫は朱妃として後宮に入られる」

娜娜は驚きを顔に浮かべた。

「あら、嬪《ひん》ではなく……妃……として……で……すか」

彼女の言葉が不自然に途切れ途切れになり、騾車の揺れに合わせて頭ががくりがくりと揺れる。

そして突然寝入ったように俯いた。

陳氏はそんな彼女を支えるでもなく、拱手《きょうしゅ》し、自身に仕える女官であるはずの彼女に向かって深々と頭を下げた。

彼女がゆっくりと顔を上げ、唇が僅かに動く。

「免礼《めんれい》」

その言葉は上に立つもののそれであった。陳氏が顔を上げれば、娜娜の纏う雰囲気ががらりと変わっていた。顔立ちが変わっているわけではない。ただ、表情がまるで異なっている。愛嬌のある笑みを浮かべていたものが、超然とした静かな微笑を湛《たた》えているのである。

「麟公主《りんこうしゅ》、お師様にお越しくださるとは恐悦至極にございます」

「構わぬ。陳堯《チン・ヤオ》、首尾はどうであるか？」

彼女はもう現世で知る者もない陳氏の名を呼んだ。

陳氏は仙人である。無論、彼が師と呼ぶ麟公主はさらに上位の仙人、いや神といって良い。

彼女は娜娜なる女官に憑依《ひょうい》し、現世を覗いているのだ。

「は、西方より連れてきたシュヘラ・ロプノールなる少女。奴才《ぬさい》が観ますに強く火行を帯び、巫覡《ふげき》や術士として開眼しておらぬのが不思議なほど。また天《てん》中《ちゅう》から地閣《ちかく》まで、天命を受けし者の相をしております」

「左様か」

「癸氏は彼女を瓏《ロウ》風に改名させる際、朱緋蘭と火を象徴する赤を二度重ねて名に入れ、嬪ではなく妃として後宮に入れることとしました」

麟公主は頷く。

「目立つ真似ではあるのう。敵に睨まれやすい。だが天命を受けておるなら、そうすぐに死ぬようなこともなかろ」

「ひょひょ。ですな」

爺は髭を震わせて笑う。なるほど、やはり彼女は幸が薄い。

「陳よ、大儀である。中原の乱れを正せるのは爾《なんじ》しかおらぬ。励めよ」

瓏帝国の都、玉京は五行の気が大いに乱れている。金行に偏り過ぎ、火行が弱すぎる状態が続いている。

もちろん五行の釣り合いとは、一時的に何かが強くなったり弱くなったりと動くものだ。それは天秤が傾き揺れが釣り合うに似る。

だが玉都ではその傾いた状態が数十年も継続しているのだ。人には気づけないかもしれないが、神仙にとってこれは尋常な状態ではなかった。

麟公主は土行の相を帯びた、古く力ある神仙である。金生土《きんしょうど》、金は土中より生ずの理《ことわり》の通り、彼女が玉京に顕現すればこの地の金行はさらに力を増しかねない。

故に弟子の陳を遣わせたのだ。

「御意、承りましてございます」

陳氏が再び拱手の礼をとれば、再び娜娜の頭がぐらりと揺れた。公主の魂が彼女から離れたのである。

「にゅーん……」

娜娜の唇が動き、寝言のような意味のない言葉を紡ぐ。

陳氏は礼をやめて声をかけた。

「ひょひょ、起きたかね」

「奴婢《ぬひ》は……また寝ていましたか？」

娜娜は首を傾げる。眠気など何もなかったはずなのに寝ていたのだ。

「さすがは寝歩きの娜娜よ」

寝歩きとは彼女の渾名《あだな》である。公主に憑依されるときにふらふらしている姿が見られていたり、公主に憑依されている間の記憶がないため、気づくと別の場所にいて道に迷ったりすることからこの渾名が付けられている。

陳氏は笑いながら袖から壺を取り出した。

「ひょひょ、眠気覚ましに話梅《ワーメイ》でも舐めるかね？」

「……いただきます」

娜娜は手を伸ばして話梅を受け取り、口に運んだ。

朱妃自身はもはや冷遇に慣れていて、これらの扱いを受けてもあまり不満や悲しみに心動かされることはない。

だが、国家間で見せる礼儀として、龍涙《ロンレイ》の湊《みなと》に着いた時などに別れを惜しむ素振りでも見せるべきではなかったのか。そう感じるものである。

「まあ私にはもう関係ないことよね」

「どうかなさいましたか？」

洗い物を終えた羅羅が手の水滴を払いながらやってくる。

朱妃はゆるゆると首を横に振った。

雨雨のいる厨へと向かえば、まだ保存食作りは続いている。

「何か手伝えることはありますか？」

「えーっと、それじゃあ……」

羅羅が向かえば雨雨が作業内容を伝え、羅羅も厨へと入った。

「私は何かあるかしら？」

朱妃が問えば雨雨は振り返り、困った表情を浮かべる。

「ございません」

「え……」

雨雨が項垂《うなだ》れ、しばし言葉を考えてから視線を合わせる。遠くで銅鑼の打ち鳴らされる音が響いた。

「朱妃様。そもそも妃嬪の方々が仕事をなさってはいけません」

「でもさっきは朝ご飯を一緒に作ったわ」

「まず羅羅さんに頼まれて火をつけたところからですが、確かに素晴らしい火付けの腕前でしたし、奴婢がやってももっとずっと時間はかかったでしょう。お料理も手際が良く、非常に助かりました」

雨雨の言葉に朱妃は頷く。しかし雨雨は続けた。

「その上でお伝えしたいのですが、あれとて本来であれば妃様がなしてはならぬことでございます。高貴な方々が家事などの雑事を行うのは賤《いや》しいと看做《みな》されますから」

むう、と朱妃は唸る。

理解できなくはない。地位の高い人間が仕事をしてはいけないというのは洋の東西を問わず、広くある考え方だ。

交易人が異国で物を落とした時に自らそれを拾っただけで見下され、商売が失敗したという話を聞いたこともある。

雨雨は続ける。

「瓏《ロウ》でも例えば武家の名家であれば、そこに属する女たちは厨に立ちましょう。それは家を守るためです。しかし、朱妃様はそうではありませんので」

朱妃も唇に指を当て、しばし考える。

「今、この宮に人が足りないのは分かっているわよね。その状況は朝も今もまだ変わっていないわ」

雨雨は頷く。

「雨雨の言うことは本質的に正しいでしょう。しかし現在の永福宮《えいふくきゅう》において妃たる私自身が働かねばならない状況なのは理解しているはず。朝は私が厨に立つことを許し、今断るのはどういうことかしら？」

「朝、厨に立たれたのも女官たる奴婢としては忸怩《じくじ》たる思いですが、朝に作っていたのが点心であり、菜ではないからでございます。そして今行っている保存食作りは調理ですらなく仕事だからでございます」

朱妃は理解を得る。朝食とした春餅は点心、つまりおやつ作りの範疇《はんちゅう》であると言い訳ができる。

しかし、ちゃんとした料理や干し肉作りでは言い訳がきかぬのであろう。

「后妃《こうひ》や公主が趣味として行ってもおかしくない範囲であれば良いと？」

雨雨は肯定した。

なるほど、この宮はここの三人以外に人はいない。だが、見られていない保証がどこにあるのか。

誰か悪意ある者が監視していて、朱緋蘭《ジューフェイラン》は下人の行うような仕事をしていると悪評が立つ可能性があるということか。

——面倒なことね。

正直、そう思う。

でも後宮に入ってすぐに自らの行動で評判を落とすとなれば、それはまた面目の立たぬことだ。

「でも火付け、火の番は私もするわ」

火事を起こさないためでもある。これは譲れぬところであった。

「さて、それなら今から何をすれば良いかしら。庭の草木の手入れはどうかしら？」

「水やりくらいであれば園芸の趣味の範囲かと」

「どのみち剪定はできないわ」

「御意」

というわけで薬缶を持って庭へと向かった。

四合院《しごういん》の庭、院子《いんし》は四方を棟に囲まれているため、概ね正方形の形状であり、その中央には棟と棟を繋ぐ十文字に交差する道が走る。ちょうど田の文字を思い浮かべると良いだろう。

道は石畳となっていて、正房に向かう道の脇には一対の小振りな石の燈籠《とうろう》が設置されている。夜、足元を照らすためのものだ。

道でない部分には草花や木を植えて庭を彩るのだろう。

ただ、朱妃が入るまで無人だった関係か、そこに草花はなく、剝き出しの土に二本の木が植えられているだけであった。

「……うーん。悪くはないわ」

少々華やかさには欠ける。だが後宮の赤や黄色、白に瑠璃色《るりいろ》の壁や甍《いらか》の中にあって、木の緑は安らぎを抱かせた。

朱妃が葉に手を差し伸べれば、風に吹かれてさわさわと梢《こずえ》が揺れる。

朱妃はその名を知らないが、垂絲海棠《すいしかいどう》の木である。高さは朱妃の倍、十尺《しゃく》くらいであり、枝ぶりも悪くない。

木には林檎《りんご》のような形で、爪よりは少し大きいくらいの緑色の実がなっている。もう少し秋が深まれば色付いてくるのだろうか。

「たーんと召し上がれ」

朱妃はそう言いながら、如雨露《じょうろ》がわりの薬缶で木の周囲の土に水を撒いた。

「朱妃様、失礼します」

その時、聞き覚えのない女性の声で名を呼ばれた。

いつの間にか女官が庭に入っていたようだ。

「あら」

振り返ればそこにいたのは女官数名と、荷物を担ぐ宦官たちである。

先頭に立つ女官が拱手する。

「奴婢は尚功《しょうこう》の娥楊《ガヨウ》と申します。後ろは同局に勤める司制《しせい》、司珍《しちん》、司綵《しさい》の者です。永福宮《えいふくきゅう》の門番がおらず、また外よりお声掛けしても応えがありませんでしたので、殿下の宮の庭へと勝手に入ったこと、お許しください」

娥楊と名乗った女はそう言って頭を下げる。背後の女たちもそれに倣《なら》った。

ふむ、と朱妃は考える。門番がいないのは事実であるし、太極殿《たいきょくでん》での儀式の音量に掻き消されて彼女らの声が聞こえなかったのだろう。

「ええ、門番がいないのは尚宮の手落ちですからね。貴女たちに責はないわ。許しましょう」

背後で頭を下げていた者のうち数名の肩が揺れたのは、主人を貶《けな》された故の怒りか。その者には注意を払っておこうと朱妃は思う。

娥楊は頭を上げ、特に感情を見せずに言う。

「感謝いたします。朱妃様は、お忙しいでしょうか？」

彼女の視線は朱妃の手にした薬缶へ。

「木に水をあげていただけ、大丈夫よ」

「下賤《げせん》な……」

ぼそり、と声が響く。

背後の女官の誰かが言ったのだろう。拱手することで口元を隠し、誰が言葉を口にしたか分からぬように。

「……本宮《ほんぐう》が生国《しょうごく》ロプノールでは、館の最も大きな木に水を与えるのは主人の務めですわ」

それはロプノールが砂漠の国であり、水を大切にするが故の風習である。

「手の者が失礼を申しました」

娥楊が代わって頭を下げ、朱妃は再びそれを許した。

それにしても木に水を与えるだけで蔑《さげす》まれかねないとは。このくらいは后妃や公主たちの趣味の範疇としてもおかしくはないであろうに。

そう思えばこれがもし干し肉など作っていたら酷かったであろう。雨雨が言っていたことは正しかったと、朱妃は感謝の念を覚える。

「尚功局……。昨日、商皇后《しょうこうごう》の仰っていた、服の件かしら」

「是」

朱妃たちは皇后殿下から布を賜っている。そして尚功局に服を作らせると、そう言っていた。

「ではお願いするわ。貴女たちはそれぞれどのようなお役目なのかしら？」

聞けば司制は后妃の身体を測り、布を断ち、縫い上げて服を作る役職であるという。司珍は后妃に似合い、その位に応じた玉や貴金属、真珠、珊瑚《さんご》などを選ぶ役職、司綵は服に刺繡《ししゅう》を施す役職であるとの説明であった。

まあ、もちろん実際に裁縫や刺繡をする針子や、玉を磨き金を彫るのは下級の女官や宦官たちであろう。

正房へと向かう。羅羅と雨雨も保存食作りが終わったのか、会釈《えしゃく》を交わしこちらへと合流する。宦官たちが荷物を下ろす。そこには針や巻尺などの道具や大量の布、玉の見本などが収められていた。彼女らはそこから道具を取り出すと、朱妃の身体を測っては紙に数値を書き付け、布や玉を当てながら色を見始める。

朱妃は着ているロプノールから持ってきた服を脱ぎ、実際に襦裙《じゅくん》なるものを初めて着用してみた。

襦とは前開きで裾《すそ》の短い上着《ジャケット》、裙とは裾の長い女袴《スカート》を意味する言葉である。

「これらは中原の伝統的装束ですが、今の流行の型は襖裙《おうくん》と言いまして……」

襦に裏地があり、襟《えり》の部分の布が違う色であること、裙に襞《プリーツ》が入っていることなどが特徴であると娥楊《ガヨウ》は説明した。

なるほど、今着ているこれは仮縫いのためのもので、刺繍などない素朴なものだ。しかし形状としては后妃らも女官らも同様のものを纏っているように朱妃は思う。

司制の女官が朱妃の前に立ち、実際に服を着せながら構造を説明していく。裙を紐で留め、襦を羽織《はお》らせる。そして帯を手にした時であった。

「貴女っ！　朱妃様になんという非礼をっ！」

雨雨が叫び、司制の女官に摑み掛かった。

朱妃はきょとんと首を傾げた。

「あら、奴婢は間違ったことなどしておりませんことよ？」

司制の女官はそう言って口元を歪め、雨雨はさらに激昂《げっこう》する。

朱妃には温厚な雨雨がなぜそんなに怒りを露わにするのか理解できない。司制が自分を嘲笑《わら》っているのは理解できるが、何をしたことでそうなったのかが分からない。

視線を左右に。羅羅もまた困惑しているようだ。女官のうち何人かが口元に浮かぶ笑みを隠し、尚功の娥楊は……。

彼女の黒い瞳と朱妃の翡翠《ひすい》の視線が絡む。向こうも理由を探っているのか視線が揺れ、そして天を仰いだ。

「雨雨、本宮のために感情を露わにしてくれているのは感謝します。ですが一度、お引きなさい」

朱妃が軽く手を挙げれば、雨雨《ユユ》は彼女に拱手し頭を下げてから壁際に下がる。

「……御意。過ぎた真似をいたしました」

娥楊が天を仰ぐ前、その瞳が最後に向いたのは何処であった？

視線は僅かに合わず、下を向いていた。顎先？　いや、胸元か。

着ている服に不自然なところはない。正面に立つ彼女らと鏡写しで……。

違う。鏡写しであるからだ。

「司制の女官よ。名は何と？」

「燕《エン》と申します」

「では燕よ。貴女たちはみな襦の襟を、右を下に左を上にして羽織っていますね？　本宮のものを敢えて逆に、左を下に右を上にと羽織らせた意図を述べなさい」

彼女は朱妃の襦を右前ではなく、左前に着せたということである。

「異国よりいらしたことを示す、古来より伝わる風習にございます。さすれば、朱緋蘭妃殿下には正式な作法で襦裙をお召しになっていただければと思いまして」

燕と名乗る女は何の罪悪感も抱かせずそう言ってのけた。雨雨や娥楊は苦々しい表情を浮かべる。

「尚功、蛾楊。今の言葉は真ですか？」

朱妃は蛾楊に視線を向ける。

「……是。ですがそれは」

彼女は吐き捨てるように答える。

「よろしい」

朱妃は蛾楊の言葉を遮った。

――ふむ、尚功の内部もまた一枚岩ではない。

まあ瓏《ロウ》の衣装に詳しくない朱妃とて、彼女らの反応からすれば最後まで言われずとも分かる。

真であると尚功も言ったということは、周辺国家では古代において左前に着る習慣があり、瓏帝国では右前に着る習慣が定着したのは事実だろうと。そして瓏帝国ではその着方を蔑んでいた、あるいは現代では奇妙に感じられるものだと。

事実、歴史的にはその通りであった。着物を右前に着た方が右手の自由度が高く、動きやすいことは明らかである。中原では着物を右前に着るようになった。

だが北方や西方の遊牧民にとって、彼らの主力武器たる矢を射る際に、右前だと襟に弦が引っ掛かりやすいのだ。それ故に古代の遊牧民は着物を左前に着ていたという。

つまり古き北狄《ほくてき》と西戎《せいじゅう》の着方ではある。

しかし服飾の進化や文化の変遷によって、その風習はもう存在しない。

たとえば北方遊牧民の姫であった光輝嬪の着ていた青い服、デールは右前の着物であり左の前身《み》頃《ごろ》は体の正面ではなく右肩で留められている。つまり右前だが弓の邪魔をしない構造になっているのだ。

「燕、貴女はこれが正しい作法と言うのね？」

「是。もちろんですわ」

彼女は嫣然《えんぜん》と笑みを浮かべてすらみせた。

――面倒ね、どうするのが正解かしら？

正直、相手がちょっとこちらを馬鹿にしているだけのことであり、実害はない。合わせを逆にすれば良いだけのことであるし、仮に朱妃《しゅひ》が気付かなかったとしても、後で雨雨や別の女官が直すだけであろう。

ロプノールの王宮にいた頃の朱妃であったら、間違いなく何も言わずに流していたことである。だが、今怒りを露わにした雨雨が、羅羅やダーダーが生国からここまで付いてきてくれているという事実が、癸氏やまだ見ぬ武甲帝が彼女を妃と選んだ期待が、それではいけないと朱妃の心に語りかける。

見逃せば今後も見下され続ける。今回は実害のない悪意が、いずれ膨らみ害を持つようになる。逆に妃という立場から強引に処罰を求めることは可能であろう。無礼に対し笞《むち》を打たせることになるのか、後宮より追放したり殺したりすることすら可能なのかまでは不明だ。分からないがそれは確実に恨みを買う。彼女自身か、彼女に連なる者から。

朱妃は深く息を吐き、そして話し始める。

「……なるほど、本宮がロプノール、貴女たちの言う西戎の出身であることは間違いありません。異国人の本宮に正しき作法を教えてくれたこと、感謝するといたしましょう」

朱妃はそう言った。

雨雨の眉間に皺《しわ》が寄る。燕《エン》は笑みを浮かべながら拱手して答えた。

「勿体ないお言葉です」

「本宮は貴女の古きを温めるその知識に感銘を受けました。これは、共に後宮へと来た嬪たちにも伝えるべき、いえ、伝えねばならないことだわ」

燕の身体が固まった。

朱妃は彼女の反応を待たない。

「蛾楊よ。服飾を作る司たちを管理する、尚功の位にある貴女に命じるわ。燕司制を光輝嬪、楽嬪《がくひん》、筍嬪《じゅんひん》のおわす宮に連れていき、燕司制より彼女たちにその旨を伝えさせてくださる？　異民族は襟の左を前にすると」

「御意承りましてございます」

雨雨は笑みを浮かべ、蛾楊は深く頭を垂れた。

燕なる女官は拱手のまま跪き、袖が床に広がるようにして頭を垂れた。拝の形である。

「朱妃様、お許しください！」

「何を許さなくてはならないのかしら？」

朱妃は空惚《そらとぼ》けてみせた。自分でも性格の悪い言い方であると思わなくもないが、ここで許すと言うことはできない。朱妃は言葉上、彼女を責めていないためである。

朱妃が讃え、彼女の上司にあたる蛾楊がそれを受け入れたため、燕が許されるためには自ら罪を告白せねばならないのだ。

果たして彼女はそれを告解し謝罪した。

「なるほど、なるほど」

朱妃はそう言って靴を鳴らす。びくり、と燕《エン》の身体が揺れた。

「許しましょう。此度の件、本宮から特に罰を求めることはありません。ただし、二度目はないものと心得なさい」

「は、はいっ！　寛大なお言葉、感謝いたします！」

そう言って額を床につける。

「よろしいのですか？」

蛾楊が問い、朱妃は頷いた。

「貴女たちが尚功局としての本分を果たしている限りはね」

――ふむ、甘いと言えば甘い。そうねえ。

「免礼《めんれい》」

礼はもう良いというその言葉に燕が顔を上げ、ゆるゆると立ち上がる。朱妃は彼女の瞳をじっと覗き込んで言う。

「ねえ、燕」

「はい……」

「本宮に恥をかかせようとするその考え。誰に唆《そそのか》されましたか？」

燕の顔から血の気が引き、色が失われた。

「そ、それだけは……」

朱妃は笑みを浮かべる。その反応が答えのようなものである。

「まあ良いわ。次はありませんからね」

「は、はいっ」

結局のところ引っ掛けの問いではある。つまり、燕が冷静に自分の考えでやったと言えばそれで終わりだったのだ。朱妃は尋問などする気がないので。

しかし彼女は雰囲気に呑まれたのか、怯えてしまった。それが釘を刺すことになるだろう。

ただ、これから分かることがある。西八宮《せいはつきゅう》にいたような常在《じょうざい》など下位の妃嬪の命令であれば、彼女はそこまで怯える必要はない。極端な話、朱妃の庇護下に寝返ることも可能なのだから。

つまりは妃よりも上、貴妃《きひ》か皇后か太皇太后《たいこうたいごう》の命であるか、あるいは職務上の関係性が強く逃れられぬ、女官たちの上位からの命であるということだ。

つまり尚功か尚宮ということになる。

娥楊にちらりと視線をやる。

――彼女から敵意は感じないけど。

朱妃に流れる巫覡《ふげき》の血は、相対するものの感情を読み取らせる。ただし、朱妃自身はそれを認識していないし、その技を磨いてもいない。

自分では多少勘が良いかと思うこともある程度で、精度も低く、その直観に身を任せることもなかった。

改めて服を仕立てていく。

「何かお好みの色や石などはありますか？」

燕《エン》が黙りこくってしまったため、他の、司珍や司綵の女官たちが錦や玉を当てながら問い、朱妃は答える。

「肌の色が貴女たちと違うから難しいでしょう」

瓏《ロウ》帝国人の肌の色は黄色がかった白、薄橙《うすだいだい》色である。朱妃や羅羅などロプノール人の肌はそれよりも暗く、褐色に近い丁子《ちょうじ》色だ。

似合う色合いも変わってくる。

「肌の色を白くする薬や白粉《おしろい》などをお取り寄せされてはいかがでしょう?」

「皇帝陛下も好まれますよ?」

彼女らはそう言うが、朱妃はその言葉になぜか危険を感じた。

しばし考えて答える。

「本宮らの肌は日焼けにより色が黒くなっているのではないの。薬などで白くするのは難しいと思うわ」

そう言いながら袖を捲《めく》ってみせる。丁子色の肌が手の甲から二の腕、肘まで続いていた。

「たとえ白粉をはたくにしても、身体全部に使うわけにはいかないでしょう?」

「そう……ですわねえ」

「それにね。もし武甲皇帝陛下が白い肌を好まれるのだとしたら、どうにもならないわよ」

「何がでしょうか?」

女官らは首を傾げる。

「おそらくこの後宮の全ての后妃の方々より、光輝嬪の肌が白いわ。今はまだ少し日に焼けているけど、来年の春先には雲の如き白さになるでしょう」

西方人、それも北方の一族の血が入っていることが明らかな容姿である。彼女自身が馬上にあって草原を駆けていたため、日に焼けて肌が赤くなっているところもあるが、後宮で一冬を越せば間違いなく白さを取り戻すだろう。

娥楊《ガヨウ》はうんうんと頷いた。なるほど、彼女は光輝嬪を目にしているようだ。

彼女たちが持ってきた布、昨日皇后殿下から賜った布、ロプノールからの進貢であった布を癸氏がこちらに回したもの。それらの生地を広げながら話す。

「やはり、純白やそれに近い白は似合わないというか浮いてしまうわね」

「そうですね、商皇后《しょうこうごう》殿下は白を好まれるのですが」

丁子色の肌には同じ白でも生成《きなり》は似合うが、純白は少し浮いてしまう。だが、生成は染めを行えないほど下位の宦官たちの色であり、妃嬪の色には相応しくないらしい。

「青などの冷たい色も似合わないかしら」

「暖かい色の方が健康的に見えるかしら」

「はっきりした色がお似合いだけど、ちょっと秋色ではないわ」

彼女たちが相談を続け、朱妃は言う。

「やはり、赤は入れてほしいわ」

ぴたりと彼女らの声が止まった。

「……何か問題が？」

好みの色を答えただけなのに随分と激しい反応であった。朱妃は尋ねる。

女官たちは顔を見合わせ、一人が声をひそめて朱妃に告げる。

「慈太皇太后《じたいこうたいごう》殿下は赤を嫌っておいでです」

太皇太后……ちらりと雨雨《ユユ》の方を見れば、彼女は答える。

「辛慈《シン・ツィー》太皇太后殿下は先々代皇帝でいらした天破《テンガ》帝のお妃様であり、先代皇帝でいらした天海帝《テンハイ》の御母堂様《ごぼどう》に当たられるお方でございます」

――先代皇帝の実母、つまり武甲《ウージア》皇帝の実の祖母ということね。

それと、雨雨はわざわざ辛と言った。それは辛商《シン・シャン》皇后と同じ一族であると伝える意図があるのだろう。朱妃はそう考える。

つまり辛氏とは後宮の一大勢力であるのではないか。そう考えれば女官の長である尚宮が辛花《シン・ファ》と辛氏であることはむしろ当然であろう。

「燕《エン》」

「は、はいっ」

朱妃は髪を纏めていた紐を解く。柘榴《ざくろ》色の髪がふわりと広がった。

「貴女が本宮に嫌がらせをしようというのは、この赤に関係があるのかしら」

燕は再び面を白くする。

「も、ももも申し訳……」

「ああ、答えなくていいわ」

ああそういうことだ。太皇太后殿下とは面識もなく、直接彼女が朱妃を冷遇しろと言うとは思えないが、例えば辛花尚宮が彼女に忖度しているということは考えられるかもしれない。

——今の段階では想像にすぎないけどね。

娥楊に問います」

「なんでございましょう、朱妃様」

「武甲陛下は赤を嫌うのかしら？」

娥楊は目を見張った。そのようなことを問われたことはなかったからだ。

「……志尊なる皇帝陛下の御心を推し量ることなど奴婢にはできかねます。ですが、少なくとも特に何かの色を嫌っているという噂を耳にしたことはございません」

「であれば本宮は赤を衣に纏いましょう」

「朱妃様！」

朱妃は手で髪を梳《す》く。

「本宮は既にこの身に赤を纏っているのです。そして朱緋蘭というこの名に。故に衣に赤を使うぐらいなんだというのです」

——癸氏め。

朱妃は思う。彼は当然それを知っていてこの名をシュヘラに与えたのだと。

彼の考えは分からない。

だが、彼が朱妃を害するつもりでそう名付けたのでなければ、そこには理由があるはずだ。

朱妃は敢えて戯《おど》けて言った。

「ほら、赤い衣の妃嬪がいないのであれば、本宮が皇帝の目に留まりやすくなるかもしれませんよ」

「……御意にございます」

そうして、昼過ぎまで衣装の打ち合わせは続けられた。

彼女らが宮を辞した頃にはいつの間にか太極殿《たいきょくでん》での儀式も終わっていた。


ぐー……。

静かになった宮に朱妃のお腹の音が響いた。

「お腹空いちゃったわね」

羅羅が言う。

「急いで昼の準備をいたしましょう」

「干し肉はどうなったかしら？」

それには雨雨《ユユ》が答えた。

「肉乾は干す手前まで準備はしましたが、これからまだまだ時間がかかりますよ」

「食事は簡単で良いわ。さっと食べましょう」

「そう仰ると思って、さっき羹は仕込んでおきましたよ」

羅羅はそう言ってにっこりと笑う。

「やった」

「朱妃様に食欲が出てきていて私は嬉しく思いますよ」

確かに。と朱妃は思う。ロプノールで冷遇されていた頃はそもそも一日に二食であった。昼を食べる習慣はなかったし、この時間にお腹が空くこともなかった。

羅羅は朱妃の頬にそっと手を寄せた。

「以前より少しふっくらとなさっております」

「あら、太りすぎないようにしないとね」

「やめてくださいよー」

雨雨が言った。

「朱妃様が太ることなんて気にされたら奴婢なんて豚ちゃんですよ、豚ちゃん」

雨雨は朱妃よりもふくよかではある。もちろんそれで太っているとは誰も思わないだろう。

三人はころころと笑いながら庭へと出た。

途中、石灯籠の上に黒い影があった。ダーダーが寝そべっているのだ。

日当たりが良くて暖かいのだろう。

気持ちよさそうにしているので、朱妃は彼に向けて軽く手を振って倒坐房へと向かった。

食事は倒坐房でとる。

使用人用の食堂である。本来なら妃が食べる場所ではない。だが厨が近いのだ。羅羅たちが食事を作りながら先に朱妃に食べてもらうためであった。

「やっぱり人が足りないわよね」

朱妃は羹を蓮華で口に運びながら言う。いつの間に作業していたのか、煮込んだ驢肉を具としており、澄んだ液体には細く刻んだ葱《ねぎ》や生姜《しょうが》が舞って彩りをなしている。浮いている丸っこいものは薄切りにされた袋茸《ふくろたけ》であるが、朱妃はまだこれが何であるのか知らない。

そもそも羅羅も雨雨《ユユ》も料理ができるからそこまで困ってはいないが、彼女たちは厨師ではないのだ。

正房で朱妃が食事をするには、最低限それに加えて配膳と毒味役の女官が必要である。

「そうですねえ。どうにかしませんと」

厨から返事がある。二人はまだ調理中である。

その時、外から扉を叩く音がした。

「お客様かしら？」

今度は答えがなかった。鍋で何か炒めている音がする。

ふむ、どうしたものかしら。

そう思って腰を上げたところで、庭に宦官らしき人たちが入ってくるのが見えた。

やってきた宦官らの先頭に立っていたのは内僕局《ないぼくきょく》の羣《クン》であった。輿《こし》を先導していた宦官である。

他にも輿を担いでいた見覚えのある者たちがいる。

彼らは院子の中央、十字路に跪く。羣はそのまま正房に向かって声を張り上げた。

「永福宮《えいふくきゅう》の主、朱緋蘭妃にお目通り願いたい！」

……気まずい。

そもそもこのような真似をさせてしまっていることが気まずい。宮の前には宦官の門番がいるはずであり、それが内にいる別の女官や宦官に来客を告げ、そして妃に言伝《ことづて》すべきものである。それが彼に無人の門を潜らせ、このように跪かせ、声を張り上げさせてしまっている。

もちろんこの状況を作ったのは朱妃ではない。だが宮の主としての責を感じるのである。

それともう一つ。今、朱妃が見ているのは羣の背と尻である。彼女が正房にいないせいで、無人の宮を跪拝させてしまっていることだ。

「きー」

か細い声が聞こえる。

「……家守《やもり》か？」

いや、拝む先にダーダーがいたようだ。

いけない。払われたり踏まれたりしては大変である。朱妃は慌てて立ち上がり、使用人の食堂を出た。

「朱妃様！」

背後からは慌てる羅羅の声。

「ふむ、この宮の主人はご不在だろうかね？」

「きー」

倒坐房から庭へと出た朱妃は、羣《クン》とダーダーが会話にならないやり取りをしているのを見てほっとする。

一方で近くにいた宦官たちはぎょっとした表情を見せる。

使用人のための棟から妃が現れたのだ。当然であろう。

朱妃は咳払いを一つ。こちらに向き直ろうと腰を浮かせた宦官たちを身振りで留めて、ゆっくりと院子を半周して正房の前に立った。

「内僕局の羣よ。何用か」

そう言ったところで羅羅と雨雨が走り出て朱妃の左右を固め、ダーダーが跳んで朱妃の裳の裾に摑まった。そして膝のあたりまでかさかさと上がってくる。

「ちょっと、ダーダー！」

「きー」

羣は思わず噴き出した。

「くっ……失礼いたしました。朱妃様は忠臣の方々に大切にされていらっしゃるのですな」

「え……ええ。そうですわ」

ダーダーも含めて忠臣と呼んだということは、癸氏などから蜥蜴《とかげ》の話を聞いていたのか、それとも輿で移動した際に気づいていたのか。朱妃は考える。

彼女が言葉を続けようとしたところで、羅羅が声を発した。

「して、何用ですか」

后妃は本来、こういった場ではあまり直接言葉を交わさぬものである。

犂は羅羅と言葉を交わし、差し出した書状を雨雨が受け取りそれを読んだ。

「癸昭《キショウ》大人《たいじん》がお呼びであると」

纏めればそういうことであった。

「是」

「で……」

では参りましょう。そう言おうとした朱妃の言葉が雨雨の咳払いにより遮られる。

「後ほど参りますと癸昭大人にはお伝えください」

「是。妃様の準備には相応の時間がかかるもの。無論、大人もご承知の上です」

そう言って犂は彼の背後の宦官に頷きを一つ。その宦官は犂と朱妃に一礼すると宮から出ていった。癸氏に伝達に行ったのだろう。

雨雨が言葉を遮ったのも、犂がわざわざ今のような言葉を口にしたのも、朱妃にそういうものだと教えてくれているのだ。

呼び出した側としても例えば一刻後に来ると思っていた来客が、今すぐに来たら困るに違いない。

犂は続ける。

「永福宮《えいふくきゅう》のご様子については、昨日、雨雨《ユユ》宮女が癸《キ》大人に伝えていらしたことを存じております。

奴才《ぬさい》らに何かその間お手伝いすることはありましょうや？」

なるほど、どうせ時間がかかるのであれば、伝令のために一人が来て、後から輿を担ぐ衆が来ればいいはずである。

最初から大勢で来たのはそう言い出すためか。

朱妃はそう命じたであろう癸氏に感謝の念を抱いた。

――さて、何を頼もうかしら。

内僕局、輿を担ぐ者たちである。つまり力はあるだろう。外に出たままの甕なども移動させてもらおうか。一方で彼らは家事に関することの専門職ではない。

朱妃は羅羅と雨雨に視線をやり、しばし考えてこう言った。

「貴方たちの厚意に感謝します。宮には人手が足りず、行き届いていないところがあるのは事実。ここにいる二人の女官、羅羅、雨雨の頼みを聞いていただければと。それと時間あれば東西の房にはまだ立ち入っていないので、そちらに風を入れて清掃を願いましょう」

「御意」

羣は頭を下げる。朱妃は他の宦官らにも視線をやった。

「それと貴方たち」

「是」

「食事はお済みかしら?」

彼らは困惑したように顔を見合わせる。

「いえ……」

「では簡単なものではありますが、昼餉を食べていきなさい」

これで今日の分の食料は何とか使い切れるであろう。朱妃は安堵《あんど》した。


宦官は一般の男性よりも筋肉が付きづらいとはいうが、それでもやはり男手である。また彼らは内僕局の者、普段から輿を担いでいるということは宦官の中でも力があるだろう。

「哈《は》！」

庭に放置されていた水を湛えた甕が、複数の宦官らの掛け声に合わせ、よいしょと担ぎ上げられて房の中へと運び込まれる。

彼らの背の高さが五尺五寸《すん》か六寸くらいで揃っているのだと朱妃は気づいた。なるほど、一つの輿を担当する人員の背の高さが異なっていては、輿が傾いてしまったり、揺れたりするのであろう。

朱妃は羅羅によって正房へと連れていかれる。

流石に、彼らの前で使用人用の棟で食事をとっているのを見せるわけにはいかないのである。

一方で瓏《ロウ》の宮廷文化の面白いことに、貴人の位が高いほどどこで食事をしても構わないという。

東西に二里《り》、南北に二里半。この広大な紫微城《しびじょう》には千の建物があるというが、ここにはただ一つも皇帝陛下のための食堂というものが存在しない。

皇帝陛下が座った場所、そこに膳《ぜん》が運ばれるのだ。

朱妃は宦官らに卓や椅子を庭に運ばせ、彼らの食事の場所を設営する。

そして正房の窓を開け放たせ、彼らの姿が見えるところに座った。

宦官たちの手により、東西の房が清掃されているのが見える。いつの間に上ったのか、屋根の上の葉や塵を庭へと落としている者すらいる。葉は庭に植えられた垂絲海棠のものであろうか。

「……うーん。暇ね」

こうして人が働いているのを見ているのは面白い。だが手持ち無沙汰《ぶさた》でもある。

雨雨《ユユ》は倒坐房の前で何やら羣《クン》と話し、宦官たちに指示を出しているようだ。羅羅は朱妃をここに連れてくると戻ってしまった。厨にて食事の続きを作っているのだろう。朱妃のお腹がきゅるりと鳴る。

中途半端に羹だけを口にしたため、胃の腑《ふ》が活発に動いているのだ。

何かして気を紛らわそう。刺繍でもしようかしら。

そう考えてロプノールの布と、糸、針、鋏《はさみ》を持ってくる。

「きー」

朱妃の服の上でダーダーが鳴いた。彼女はそれを掌に乗せて卓の上に移動させる。縦長の瞳孔《どうこう》が朱妃を見上げた。

「ふふふ」

朱妃は笑みを浮かべ、指の腹でダーダーの頭を撫でる。ふと思いついたことがあり、刺繍はやめる。方針転換である。

――半刻後。

「はい、朱妃様お待たせいたしました」

羅羅が盆に膳を載せて庭を渡ってきた。

顔を上げれば掃除は終わったのか東西の房の扉は再び閉じられている。

風に乗って食欲をそそる香辛料の香りが流れてきているのは大鍋が庭に運び込まれているからだろう。匂いからして瓏《ロウ》風の料理をロプノールの味付けにしたのか。

「まあ、ダーダー。素敵にしてもらいましたね！」

「きー」

羅羅は感嘆の声をあげ、ダーダーの鳴き声はどことなく自慢気に聞こえた。

ダーダーの頭上には白い房飾りのついた橙色の帽子がちょこんと載っていた。

簡単な構造の円錐形の帽子である。三角の帽子を顎下に紐で緩く留めたものであった。

「ふふ、可愛いでしょ。ほら、宮に人が入ってきたときに踏まれたり、払われたりしないようにね」

「確かにそうですね」

このように人が出入りする時は、飼っている蜥蜴だと分かるようにした方が良いかもしれないと羅羅も思った。

「もちろん邪魔だったら外してもいいんだけど、ダーダーも気をつけてね」

「きー」

彼女はダーダーを脇にのけてそこに膳を並べていく。

「さ、お食事を召し上がりくださいませ。ダーダーの分もありますよ」

小皿の上には味付けのされていない肉団子のようなものがあった。これがダーダー用であろう。

外を見れば宦官たちに運ばせた大鍋から雨雨《ユユ》が皿に料理をよそっている。それが宦官たちの前に並べられていった。

朱妃は立ち上がり、彼らに声を掛ける。

「皆様、ご苦労様でした。貴方たちの職分ではない仕事を行わせてしまいましたが、その働きに感謝いたします」

「恐悦至極《きようえつしごく》にございます」

宦官らが拱手し、羣《クン》が代表して声を上げる。

朱妃は卓の上の料理を示した。

「せめてもの感謝の気持ちです。召し上がれ」

「是！」

男たちの声が揃った。

朱妃は羹を口に運ぶ。先ほど口にしていたものを温め直し、量を嵩増《かさ》ししたものだ。主菜はロプノール風の味付けの青菜の炒め物。少し懐かしくも感じる味付けだが、砂漠の国では新鮮な野菜をこんなに使うことはなかった。シャキシャキとした食感の瑞々《みずみず》しさは格別である。

それと餃子《ぎようざ》か。

「美味い！」

「変わった味だが癖になるな！」

宦官らの声が聞こえる。

妃の食事という風情ではないが、ロプノールは塩湖が近くにあるおかげで少し塩気が強い味付けであるという。これは若く、肉体労働を担当する宦官たちの舌にはむしろ合うのかもしれない。

「お代わりは沢山ありますので、こちらから自由にとってくださいませ！」

「是！」

雨雨が庭でそう叫ぶと力強い返事の声が上がった。

彼女が朱妃のもとにやってくる。手には自分の食事が載せられた盆。

「お疲れ様、雨雨。羅羅《ララ》もね」

「ええ、本当に」

食事の際にこうして賑やかなのはいつ以来だろう。ふと朱妃はそう思う。幼い頃にあった気もするがはっきりとは思い出せない。

「でも楽しいわ」

「それは何よりでございます」


食事を終え、片付けは宦官らに任せて朱妃らは本宮に入る。

癸氏と会うため召し替えるという名目である。

「でも衣服の替えなんてそんなにないのですけどね」

「まあまあ」

座る朱妃の頭上で、髪を梳《くしけず》り整えている羅羅と雨雨がそう話す。

午前中に尚功らが来たが、当然すぐに衣が完成するはずもない。

それまでの間、代わりの衣を持ってくるような話をしていたが、それもまだ届いてはいないのである。

身嗜みを整えて、服を幾つかの玉で飾れば終わりである。

流石にすぐに出ても格好がつかないので、茶を一杯喫してから庭へと出た。

羣《クン》を先頭に、背後には輿、その周囲に宦官ら。彼らは庭の中央に跪き頭を下げている。羣が言う。

「出立の準備、万端整ってございます」

朱妃は頷きを一つ返した。羣は二名の宦官を立たせ、前に呼び出す。

「また我らのうち二名を永福宮《えいふくきゅう》の門前に立たせ、無人の宮の番をさせようと思いますがよろしいでしょうか？」

彼らの帯には棒が差されている。後宮には刀剣を持ち込めぬ故に警備は棒術を以て為されるのだ。

なるほど、羣は、あるいは癸氏は色々と便宜を図ってくれている様子である。朱妃は感謝の言葉を返し、そして輿に乗じた。

輿は後宮の建物の間を南西に向かう。紫微城《しびじょう》の北は後宮で男子禁制、南は前宮で女人禁制である故に、その境でなければ癸氏との面会は叶わぬという。

だが紫微城の中央は皇帝陛下のおわすところであるため、城の東西にこういった場合に使える場所があるのだという。

東に永陽門《えいようもん》、西に永月門《えいげつもん》、今向かっているのは永月門である。

こちらの一角は壁の赤の割合が減り、黄色や白、あるいは青の割合が増えているように思う。月という名に相応しい色合いにしているのだろうと感じた。となると青は水かしらと朱妃は思う。オアシスの水面に映る月を朱妃は想像した。実のところこの青は海を模しているのだが、彼女はその生涯で海を見たことはないのである。

「あれは……なにかしら？」

朱妃は呟く。彼女の視線の先には台座の上に灰色の棒状の物が無数に積み重なって鎮座している。それぞれの棒は朱妃の掌よりは大きく、腕よりは小さいくらいだろうか。

「海参岩《なまこ》ですね」

輿を担ぐ宦官が声を潜めてその疑問に答えてくれる。

「なまこ……？」

「海参が積み重なったように見える珍しい岩であり、皇帝陛下に献上されたそうですよ」

なるほど、あれは奇岩の類であるのかと朱妃は考えた。瓏《ロウ》人はそういったものを好むのであろうと。御花園《ぎょかえん》にも奇岩は飾られていた。

思い返せばロプノールにも砂漠の薔薇と呼ばれる、花のように見える石があった。今回の朝貢でも贈られていたのかもしれないし、そんなに価値があるとは思いもよらず贈られてはいないのかもしれない。

それはそれとして……。

「なまことはなんでしょうか？」

「海に棲《す》まう動物だそうですよ」

――あれが動物……!?

朱妃は衝撃を受けた。どう見ても丸みを帯びてでこぼこした棒である。

「最高の珍味の一つだそうです。いや、もちろん奴才などが口にできるようなものではないのですが。いずれお妃様も召し上がる機会があるのでは」

――あれが高級食材……!?

瓏《ロウ》帝国では、あるいは中原の歴代の王朝の伝統として、宴の際にその国力を示すべく贅を尽くした料理が供されることがあるという。

古代では酒池肉林《しゅちにくりん》の宴。池を酒で満たしてその上に舟を浮かべ、肉を林のように山と積んだとか。

瓏では それも洗練され、三日三晩かけて祝宴を行う龍南全席《りゅうなんぜんせき》なるものがあるという。龍河《ロンガ》から南《ナン》江《コウ》に至る地域全ての美食を集めた席であるという意味だ。

龍南全席における主菜は三十二種。海のものから八、獣から八、鳥から八、植物や茸から八である。海参はその海の主菜の一つであった。

朱妃が再び衝撃を受けている間にも輿は進む。

輿が永月門《えいげつもん》へと着き、彼女がそこから降りたところで、門の向こうから声がかけられた。

「朱妃様、こちらです」

なぜかもう懐かしくも聞こえる低い声であった。

「癸昭大人。お久しぶりです」

そう言って笑う。つい久しぶりと言ったが、昨日の朝に別れて以来である。ただ、朱妃の生活が目まぐるしく変わっているため、随分と前のことのような気がしてしまったのだった。

大きく開かれた門の向こうには拱手する癸氏の姿。

その背後には矛《ほこ》を持つ護衛たちが並ぶ。

癸氏の前、門の境界には卓が置かれていた。

「どうぞそちらにお座りください」

卓には門の手前と奥に席が一つずつ。

なるほど。後宮に入った妃嬪が公の場で男と話さねばならぬ場合、こうやって面談しなくてはならないのかと朱妃は思った。

朱妃は頷き、卓に着く。

癸氏もまた向かいの席に座り、そして深々と頭を下げた。冠の下、どことなく緑の色を帯びた黒髪が朱妃の前で揺れていた。

朱妃は告げる。

「頭をお上げください」

癸氏が頭を下げる理由は分かる。自らが呼び集めた妃が後宮内で不遇を託《かこ》っているのであれば、そこに責任を感じているのだろう。

実際、彼は卓に着いた後、その旨をまず話し、謝罪の言葉を述べた。

朱妃はこう返す。

「癸大人の謝ることではありませんわ。本宮がためにただちに動いてくださったこと、心より感謝しております」

朱妃は昨晩の差し入れの件と、羣《クン》らを遣わしてくれたことへの感謝を述べた。

開け放たれた永月門《えいげつもん》の間を秋風が吹き抜けていく。

木の葉の擦れる音に交じって、さらさらと筆が紙を滑る音が聞こえた。

視線をやれば癸氏の斜め後ろに書記官らしき役人が筆を走らせているのが見える。ここでのやりとりは公文書として残されているのだろう。

「朱緋蘭妃に害を為した者を捕らえ、罰するよう働きかけること、妃様の待遇を改善させることをお約束いたします」

鋭い視線が朱妃に向けられていることを感じる。

朱妃は思う。なるほど、これを文書として残すのがこの面会の意図であろうかと。

つまりこれは政争の一端であるのだ。女人禁制の前宮を司《つかさど》る官僚や軍閥《ぐんばつ》と、男子禁制の後宮は后妃や女官の勢力、そしてどちらにも存在できる宦官。

朱妃や光輝嬪らは所属としては後宮の勢力であろうが、中原の女ではない。つまり商皇后らの影響下にないと言える。

朱妃らは前宮から後宮に打ち込んだ楔《くさび》なのではないだろうか。

朱妃は思わず苦笑を浮かべる。

「どうなさいましたか？」

「いえ、何でもございませんわ。ただ、本宮に何を期待しているのかと思いまして」

癸氏もまた笑みを浮かべる。

「そう返せる妃殿下は素晴らしいお方かと」

癸氏はいずれ後宮に調査の手を入れるつもりなのだろう。そのための一手である。

もちろん、彼が朱妃の保護のために動くというのもまた事実なのだろうが。

「こちらから一つ」

「何なりと」

「罰すべきは糞を投げた者ではありません。糞を投げることを命じた者です。蜥蜴の尻尾を押さえても自切《じせつ》されるだけです。その体を摑まねばなりません」

朱妃の脳裏には輿に向かって馬糞《まぐそ》を投げてきた見窄《みすぼ》らしい宦官の少年たち、あるいは尚食局の端《トゥアン》の姿などがある。

彼らが自らの意思で朱妃を害しようとしているだろうか？

おそらくは違うであろう。

癸氏はその顔に感心を浮かべて朱妃に拱手した。

「御意にございます」

「尚宮曰く、本宮はもともとは瑞宝宮《ずいほうきゅう》に入る予定であったとか」

辛花尚宮が言っていた言葉を告げる。

「嬪の宮ですからその可能性は高いかと」

「嬪のため瑞宝宮に用意されたであろう品々は、あるべきところに納められているでしょうか？」

朱妃は女官や宦官による横流しを示唆《しさ》した。

「必ずや調べましょう」

癸氏は力強く頷く。

「こんなところかしら、ああ。光輝嬪様は随分と商皇后殿下に感銘を受けておいでだったように見えたわ」

話が飛んだ。癸氏の顔が一瞬強張る。

「……皇后殿下の温かな御心は遠き地からやってきた姫君たちにもすぐに伝わるのですな。素晴らしいことです」

商皇后には気をつけよと伝えてきた彼である。むろんこれが本心からの言葉ではあるまいが、公文書にそれを残すわけにはいかないのであろう。

朱妃はそれには返答せず、頷くにとどめた。癸氏は続ける。

「朱妃の有難い御言葉の数々に御礼をさせていただければと思います。改めて、また早急に何かお贈りさせていただきましょう」

話は終わりのようであった。

永月門《えいげつもん》の南北に分かれて立つ。

――そういえば、癸氏は男性であったのね。

宦官であるのかと男の象徴《シンボル》の有無を気にしていたが、この門を潜れないということは男であるということだ。

朱妃はちらりと彼の下半身に視線をやった。青地に金糸で美しく刺繍された帯が見えるだけである。

――こんなに立派な体格の方を捕まえて、その……アレの有無を気にするのは失礼な話だったわ。とも思う。彼の身の丈は六尺、そして衣の上からもその身体が筋肉質であると分かるのだから。

そもそもなぜ宦官と思ったのかしらなどと思い起こそうとした時、癸氏が声をかけてきた。

「本日は急な呼び出しにも拘わらず、お話しする機会をいただきましてありがとうございました」

朱妃の脳裏に浮かんでいた疑問が霧散する。

「いえ、こちらこそ楽しませていただきましたわ」

「こちらからも後宮の管轄に書状など送りますが、朱妃様からも武甲皇帝陛下とお会いした際に、現在の状況についてお話しいただければと思います」

癸氏はそんなことを言い出した。

朱妃は首を傾げる。

「どうかしら、そんなことを言うのは妃としてあまり相応しい振る舞いではないのではなくて？　それにそんな機会が来るのかしらね？」

「ええ、必ずや直ぐに。では失礼いたします」

そう言って二人は別れた。

そしてその機会は直ぐに訪れたのである。それもその日のうちに。


朱妃が宮に戻ると、門の脇には番人がきちんと控えていた。

輿が近づくと彼らは拱手する。

雨雨が彼らに近づき二、三言葉を交わした。

これだけでもやはり違うものである。ちゃんとした宮に見える。そう朱妃は感じた。

輿から下り、再び院子にて彼らと向き合う。羣《クン》が言った。

「朱妃様がよろしければ我らより二名ずつをこの宮の番として置かせていただければと」

「よろしいのですか？　ご負担になってしまうのでは」

「こちらは癸《キ》大人を通じて宦官を増員することは容易です。お気になさらず」

道理である。朱妃が人を雇えなくとも、癸氏なら可能ということだ。しかし二名と言っても番である。十二刻じゅうずっと二人が立ち続けるわけにもいかず交代することを考えれば、少なくとも四人以上をこちらにまわしてくれるという意味となる。

雨雨が続ける。

「奴婢からも彼らを配することをお許しいただきとうございます。今、宮の前で番をしていた者らからの報告ですが、宮を訪れた者はなしと。ただ、女官らが不自然にこの前の道を通っていったとの報告がございました」

なるほど。後宮のこのあたりは格子状に道があるが、永福宮《えいふくきゅう》の前の道が最短距離となるのは隣の妃の宮から東西に抜ける場合だけである。

それ以外であればここをわざわざ通過する必要性はない。朱妃らが外出したので様子を見に来たのか、無人であれば侵入を試みたのか。

朱妃は拱手して軽く頭を下げた。

「ご厚意に感謝いたします。よろしくお願いいたします」

そうして羣らは帰っていき、番人が残された。

彼らの食事はこちらで持つことになった。食材はなお余っているので、まだ消費する方法を考えねばならないが、女三人よりはよっぽど良い。

陽が傾き、羅羅たちが用意した晩膳をいただき、朱妃が自ら宮の灯籠に火を灯していた時である。

こんな時間に訪《おとな》いがあった。

門番らに連れられてきたのは四名の宦官であった。彼らとは衣の色や作りが違う。別の部署の者であろう。

晩膳の後に先触れもなくやってくるとは、と朱妃は首を傾げる。

「まさか……」

雨雨が呟く。宦官の一人が拱手し言った。

「奴才らは敬事房《けいじぼう》の者である！」

雨雨の顔が色を失った。宦官が続ける。

「皇上陛下がお呼びである！　直ちに準備なされよ！」

「御意にございます！」

雨雨が叫ぶように言って、拱手し深く腰を折った。羅羅も見様見真似で同様にする。

「ささ、急ぎましょう」

朱妃が何か言葉を放つ前に、雨雨は彼女の腰を押して房の中へと押し込んでいった。

「ええっと……」

朱妃と羅羅、雨雨が顔を寄せ合い、雨雨が言う。

「皇帝陛下に夜伽《よとぎ》の相手として呼ばれています」

「ええっ！」

羅羅が声を上げた。雨雨はそれをとどめて続ける。

「まずは急ぎ入浴の用意を。朱妃様、火をお願いしてよろしいですか？　その間に仔細《しさい》をご説明します。羅羅さんは彼らにどこか座ってお待ちいただいて……」

羅羅が離れ、朱妃と雨雨は浴室に向かう。朱妃は初めてここに入ったが、その浴槽は黄金で鍍金《めっき》されていた。

「なんとまあ」

昼のうちに浴槽には水を張っていたようだ。風呂釜には薪の用意もされていて、朱妃が火打石を一打ちすれば直ぐに火はついた。

髪留めを外し、するりと衣を脱いでそれを雨雨に預け、一糸纏わぬ姿となって簀《すのこ》の上に立つ。いつの間にか陽は落ちていて、張りのある丁子色の肌が灯火を照り返して不安げに揺れた。

浴槽に手を入れれば水はまだ冷たい。火に近い側の僅かにぬるくなったところを掬《すく》って体を濡らす。

「冷たっ……」

思わず声を漏らせば、紐で袖を縛った雨雨が申し訳なさそうに頭を下げる。

「申し訳ありません。こっちらまで手が回らず……」

「仕方ないわ。人手が足りていないのだもの。雨雨はよくやってくれているわ。それで？　説明をしてくれるのでしょう?」

「是。えっと、まず敬事房は皇帝陛下の交媾《こうこう》……つまりその男女の営みについて管轄する宦官らの部署にございます」

「男女の営みが管轄されちゃうんですか」

「はい、されちゃうのです」

皇帝陛下も大変だなあと朱妃はふと思うが、直ぐにそれが過ちであると気付く。管轄されているのは自分を含めた后妃たちもである。

雨雨は糠袋《ぬかぶくろ》で朱妃の身体を擦りながら言葉を続ける。

「皇帝陛下の晩膳の後、敬事房の太監《たいかん》、高位の宦官ですがそれが皇帝陛下の前に向かうのです。妃嬪らの名の書かれた木片を銀の盆に載せて」

朱妃は寒さを堪《こら》えるため腕をさすりながら頷く。

「陛下はその木片の一つを返します。それが今夜の伽《とぎ》の相手を務めることになるのです」

「……そんな選び方なのね」

「是。選ばれた妃嬪のもとにはこのように連絡が入ります。そうすればその夜、寝所へと参らねばなりません」

どうしてこんなに早く……。そう雨雨が呟いたが、朱妃としてはまあ当然かとも思う。宮の準備がなされていない、宮女や宦官が宮に配されていないなど、非常にばたばたしていたのは間違いない。

だがそれが皇帝陛下に関係あるだろうか、知るところであろうか。否である。

となれば今夜から異国の姫を順に呼び出すつもりであり、その一番にわざわざ妃と階位を上に置いた朱妃を呼ぶことは不思議ではない。

雨雨が手にした糠袋が朱妃の全身をまさぐっていく。脇の下、尻、股座《またぐら》、足の裏。

「そんなところまで！　くすぐったいわ！」

朱妃は身を捩《よじ》って逃げようとするが、雨雨の手は彼女を逃さない。

「大事なところです。我慢してくださいまし」

朱妃も頭では分かっている。しかし恥ずかしいものは恥ずかしいのだ。

そうこうしている間に浴槽の水は温まっていた。朱妃は湯煙の上がり始めたその中に身をひたす。

「ふー……」

冷えた身体が温もりを得て、思わず声が漏れた。そのままぽつりと呟く。

「閨《ねや》の作法なんて分からないわ」

朱妃ももちろん不安なのである。雨雨は彼女の細い肩に手を置いて優しく言った。

「後ほど敬事房の太監らから説明はあるかと思いますが、そもそも作法など気にするものではありませんよ。その身を殿方に委《ゆだ》ねればよいのです」

――まあ、皇帝陛下は百戦錬磨よね……。

縮小したとはいえ広大な後宮を有し、夜毎に后妃らを抱くのであれば、それは慣れたものであろう。

「雨雨は初めての時どうだったの？」

「……奴婢如きが武甲皇帝陛下の寝所に呼ばれることはありませんわ」

雨雨はそう躱《かわ》す。確かに彼女は妃嬪ではない。皇帝陛下が宮女にお手付きすることはしばしばあるともいうが、後宮を縮小させた武甲帝が女官らにそう手を出すとも思えなかった。

ちらと雨雨の身体を見る。

濡れても良いように衣を一枚脱いで、袖を縛っている。そして水が撥ねて布の一部が僅かに透けている。

肉感的だ。なんなら全裸である朱妃より情欲をそそられるのではなかろうか。

「どうされましたか？」

じっと見ていたら不審げな声を上げられた。

雨雨は朱妃の問いにきちんと答えてはいない。彼女は自らの処女性について直接的な言及を避けた。実は別の男と寝たことがあるのかもしれない。もちろんそれはこの後宮の中で口にできることではないのだろうが。

「なんでもないわ、そろそろ上がります」

朱妃は立ち上がった。

浴室から出ると、雨雨が大きな布で彼女の身体を拭っていく。髪の水分を取るために頭から布が被され、前が見えなくなった時、後頭部にこつりと当たるものがあった。

それは雨雨の額である。布の上から全身が抱き竦められた。背中に豊かな双丘が押し当てられて歪むのが分かる。

「朱妃様。お耐えください。そして力になれぬ奴婢をお許しください。この後宮における愚かな風習からは妃とて逃れられぬのです」

耳元でそう囁《ささや》かれた。彼女の声は湿っていた。

「許します」

朱妃は問い返すことなく肯定し、頷いた。

雨雨は水気を丁寧に拭い切ると身体をその布で包んだまま、朱妃の手を取って歩き始める。

朱妃は着替えのために部屋に戻るのだろうと考えた。本来であれば浴室を出てすぐの部屋に着替えの衣を置くべきであろうが、人手が足りていない。

「そういえば、尚功局の者たちが衣装を作りに来たけど、皇帝陛下とお会いするのに間に合わなかったわね」

西方国家では個人の身体にぴったりと合わせたドレスを作るため、服作りにはとても時間がかかるという。それに比べれば瓏《ロウ》の衣は前で合わせて帯で留めるため、そこまで厳密な作りではない。

もちろん、一日で作れないのは当然であるが。

「問題ありません」

雨雨は硬い声で答えた。朱妃は疑問に思う。その言葉の意味もそうだが、彼女が向かう先は朱妃の部屋ではなく玄関の方向であるからだ。


正房の玄関である広間には元々設置されている灯籠に加えて、羅羅が用意したのか行灯や燭台が集められ、煌々《こうこう》と照らされている。

「ひっ……」

朱妃は息を呑んだ。

そこには羅羅と敬事房の宦官たちが待機していたからだ。

羅羅もまた顔を青褪めさせた。このような姿で主がここに来るとは思っていなかったのだろう。

「朱緋蘭妃の御身体を検めさせていただく！」

宦官が大きな声を上げ、朱妃の側に近づく。

雨雨《ユユ》は布をばさりと朱妃の身体から抜き取る。あられもない姿が晒《さら》された。

「ひっ」

朱妃が身を捩って手で裸体を隠そうとすれば、その手首が宦官の手によって掴まれた。

「隠してはなりません」

宦官の目が朱妃の翡翠の瞳を覗き込むように向けられる。

「暗器《あんき》を有していると思われますぞ」

びくり、と朱妃はその身を震わせた。

暗器、つまり小型の武器である。情交の最中は睡眠中に次いで人が最も無防備となる瞬間である。つまり彼らの仕事には皇帝の暗殺を防ぐという側面があるのだ。

羅羅が前に出て叫ぶ。

「こ、こういうのは女官が確認すべきでは！」

しかし彼女の身体は宦官たちに取り押さえられた。

宦官らの一人が言う。

「奴才ら宦官は男でも女でもない。畜生に裸を見られているとでも思ってください」

そうは言うが、それでもその身形《みなり》は男のものである。

瓏《ロウ》などの後宮に住む女たちにとっては恥じるようなことではないと思えるのかもしれない。あるいは使用人などの身分の者を同じ人とは思わぬという王族や貴族の考えが身についているなら恥ずかしいとは思わないのかもしれない。

だが、こういった文化のないロプノール出身であり、使用人に傅《かしず》かれている経験の少ない朱妃にとっては男に裸を見られているということを恥辱に思う意識は拭えない。

彼女は赤面しつつ息を荒らげかけながらも、深呼吸をして無理やり気分を落ち着けて言った。

「……彼女を掴むその手を退けなさい。羅羅、ありがとう。大丈夫だから」

宦官の一人が朱妃の後ろに回って髪を梳く。

「髪良し！」

左右に回った宦官が耳の孔に行灯を向けて中を照らす。

「耳腔《じこう》良し！」

目を見つめられたかと思えば、額が押されて鼻の孔を覗き込まれ、次いで口腔《こうこう》を調べられる。舌を持たれて喉の奥や舌の裏まで確認された。

「七孔《しちこう》良し！」

人間の顔には目、耳、鼻、口と七つの孔がある。そこに武器を仕込むことができるとしても小さな針程度だろうし、女の細腕で優れた武人でもある武甲帝《ウージア》に傷をつけられるかといえば否である。だが鴆毒《ちんどく》が如き猛毒を仕込めばどうか。爪で引っ掻くほどの傷で人を殺せるというのだ。

脚を肩幅より開かされ、下から行灯で照らされる。炎の熱気が上ってくる。

尻を割られ宦官たちに秘所をまさぐられ、覗き込まれた。

「二門良し！」

羞恥《しゅうち》で頭がおかしくなりそうだ。

羅羅は涙を流し、雨雨も血の気がなくなるほど手を強く握り込んでいた。朱妃は手を握ることすらできない。その手足の指の間まで確認されているからである。

「敬事太監！　朱緋蘭妃が寸鉄《すんてつ》・毒物を身に着けてないこと、またその健康を確認いたしました！」

彼らの奥に立つ高位の宦官に報告が為された。病気の有無も確認されていたようだ。彼らには、医学の知識もあるのだろう。

力が抜け、腰が砕けて倒れそうになるが、腕を摑まれ座り込むことは許されなかった。その隙に毒を仕込ませぬためである。

断りもなく玄関が開かれ、別の宦官が入ってくる。

もはや文句を言う気にもなれない。

「皇帝陛下が乾坤殿《けんこんでん》へと間もなく移られます」

「乾坤殿……？」

「皇帝陛下のお休みになる宮のことでございます」

紫微城《しびじょう》の中央には太極殿《たいきょくでん》があり、その北が後宮である。

後宮の中央を縦断するように太極殿と御花園《ぎょかえん》を結ぶ線上には三つの建物が並んでいた。

南の建物が最も大きくその名が乾帝殿《けんていでん》、北が坤后殿《こんごうでん》、中央にあるのがそれらよりは一回り小さな建物で乾坤殿という。

乾《けん》とは天であり皇帝を示す。故に乾帝殿とは天の帝がための建物、つまり皇帝のための住居である。坤《こん》とは地であり皇后を示す。故に坤后殿とは地の后がための建物、つまり皇后のための建物である。

そして乾坤殿とは即ち天と地の交わり。皇帝と皇后、あるいは皇帝と妃嬪らが交わるための建物であった。

皇帝はこの建物に南から入り、皇后は北から、妃嬪らは東西から入ると定められているのである。

「武甲皇帝陛下はその名を龍床《りゅうしょう》といいます巨大な寝台《ベッド》の上で仰向けに横たわり、朱緋蘭妃の訪れを待っておられます。妃はその足の方から寝台の上をゆっくりと這って進み、後は陛下にその身をお委ねくださいませ」

そのようなことの説明を受ける間に化粧は薄く施され、髪は軽く結い纏められる。しかしそれとて簪《かんざし》などは使えないのである。

簡素なものであった。朱妃が見た後宮の女たちはあんなにも美しく化粧を施し、髪を高く結い上げて絢爛《けんらん》たる衣装を纏っているのに。皇帝陛下はこのような形でしか女性を抱けないのであろうか。

「あの、衣は何を着れば……？」

宦官は首を横に振った。

大きく厚い布団が持ち込まれる。緋色に金糸で凰《おおとり》の描かれた、それは立派なものであった。

「えっと……」

宦官たちが朱妃に布団を押し付ける。羽毛であろう、ふかふかとした布団は彼女が経験したことのない柔らかさで、布地もまた滑らか。素晴らしい肌触りであるが……彼女はその布団に簀《す》巻《ま》きにされていた。

春巻きが直立し、その上端から朱妃の顔が覗いているような有様であった。

朱妃の目が焦点を失い、目から生気が光が失われていくようだ。その表情は摩天《まてん》高地の砂狐《スナギツネ》の如く、遠くを見つめて動かぬ虚無のものとなった。

「朱妃様、おいたわしや……」

羅羅か雨雨が囁くように声を漏らしたが、確認のために振り返ることすらできない。

「それでは朱妃様、失礼します」

朱妃の視界がぐるりと回転し、天井に描かれた彫り物が見えた。

仰向けに寝かされたのだ。背のあたりと腿のあたりに宦官らの腕が差し込まれ、二人がかりで持ち上げられているのである。

「では行きます。えっさ」

「ほいさ」

振動が身体に伝わる。首ががくりと落ちかけた。

「えっさ」

「ほいさ」

敬事房の宦官たちは掛け声と共に移動する。

正房から出て視界が暗くなった。垂絲海棠の梢が、夜空に浮かぶ星々の煌めきが視界に映る。

「えっさ」

「ほいさ」

「えっさ」

「ほいさ」

宦官らは朱妃を抱えたまま、ひとけのない後宮の瀟洒《しょうしゃ》な建物、丹塗りの柱や壁の間を駆け抜けてゆく。

「えっさ」

「ほいさ」

そして巨大な建物の側を通り、門を潜る。

門の脇や廊下には拱手する宦官らが立ち並んでいた。皇帝のおわす場に違いない。

乾坤殿《けんこんでん》である。至る所が黄金と玉で飾られた建物は対称の形に四つの部屋が配され、全ての部屋の前で宦官が番をしている。暗殺への警戒、どこに皇帝陛下がいるのか分からないようにするためだ。

しかし宦官らは迷うことなくその一室に朱妃を連れていき、寝台の足元に彼女を横たえた。

そして布団を抜き取る。朱妃は春巻きから具が飛び出るように、ぺろりと寝台に転がった。

――えっと、この寝床に皇帝陛下が……。

朱妃が龍床の足元側から枕の方へとにじり寄れば、夜の帷《とばり》の中、低く落ち着いた声が響いた。

「朕《ちん》が、爾《なんじ》を愛することはない」

――!?

しかし、その内容は朱妃を困惑させるのに充分なものであった。

横たわっていると伝えられていた武甲帝。しかし皇帝陛下は寝台の枕のあたりに座っていた。もちろん朱妃は皇帝を目にするのは初めてである。しかし、部屋には朱妃の他に彼一人の姿しかなく、そして彼女が寝台につくなりそう言い放ったのだった。

朱妃はあわてて寝台の逆端、足の側に両の膝をつく。絹の布団の肌触りはぬめやかで、羽毛は軽くて身体が沈み込んでいってしまいそうなほどに感じた。

——起きてるじゃない！

彼女は寝台の上で平伏する。慌てた動きに柘榴色の髪が闇の中で躍った。

沈黙が閨に落ちる。作法としては皇帝陛下の次の御言葉を待つべきだっただろう。だが静けさに耐えきれず、朱妃は不敬と知りつつも問いかけた。

「瓏《ロウ》帝国の主たる武甲皇帝陛下に言上《ごんじょう》仕《つかまつ》ります。本宮に……寵《ちょう》をいただけぬということでございましょうか」

まだ少し覚束ない帝国語で尋ねた。

「朱妃……、朱緋蘭と申すのであったな」

しかし武甲帝はそれには答えず、彼女の名をゆっくりと口に乗せた。

「はい」

「面を上げよ」

朱妃は礼法《マナー》通り伏し目がちにゆっくりと視線を上げていく。長い睫《まつ》毛《げ》の下に翡翠の瞳が覗いた。

彼女にまず見えてくるのは武甲帝の胸元、衣に金糸で施された龍の刺繍。その装束の色も、五爪の龍の紋様も皇帝陛下にのみ使うことが許されたものだ。

龍は僅かに灯された明かりに照らされ、闇の中で浮かび上がって彼女を睨《にら》みつけているかのようである。

さらに顔を上げていけば、まだ若く、端整で、しかし威厳のある皇帝の尊顔《そんがん》が見えてくる。

闇に溶けるような射干玉《ぬばたま》の黒髪は、光の塩梅《あんばい》か、艶《つや》やかに輝いていた。

「改めて告げる。朕が爾を愛することはない。故に抱くこともない」

その言葉通り、真っ直ぐ彼女を見つめる皇帝の視線からは色を感じない。その向かいに座る朱妃が一糸纏わぬ姿であるというのに。

肌の色は丁子色。瓏帝国人のそれよりも濃い色合いで、遠く離れた地から彼女が渡ってきたことを示している。

肌は染みひとつない瑞々しさで、胸元の双丘はまろやかな曲線を描いている。

しかし、朱妃はもはやほとんど恥じらいを感じていなかった。

――もぅー……。正直、ちょっといらっとします。

彼女の頭を占めるのはほとんどが苛立ちと不安である。

「一つ、伺いたき儀がございます」

不敬を承知で翡翠の瞳と黒き瞳を合わせて尋ねる。皇帝は鷹揚《おうよう》に頷いた。

「許そう」

朱妃が後宮にやってきてから受けた仕打ちや、つい先ほど宦官らに裸を確認されて連れてこられたことが思い起こされる。

――そして今になって『愛さない、抱かない』って。……もうちょっと何とかならなかったのかしら？　……ですが、これだけは尋ねておかねば。

「それは本宮が生国、ロプノール王国を蔑《ないがし》ろにするということでありましょうや？」

彼女は遥か西方はロプノール王国の姫であったのだ。たとえかの地の王宮で疎まれ、物置が如き部屋で起居《ききょ》していたような姫であろうとも。

それでも一国の姫として、母国に瓏《ロウ》帝国の矛が向かうようなことは避けねばならない。それが彼女の務めであり、矜持《きょうじ》でもあった。

「否《いな》。過度な厚遇はしない。だが蔑ろにはせぬと皇帝の名に誓おう」

そこで彼女はそっと安堵の溜息をつき、そして外気に晒されているが故か、緊張が解けた故か、一度ぶるりと身を震わせたのだった。

――やれやれですわ。まあ、これで最低限の仕事は果たしているということなのでしょうかね？

ちらりと朱妃は上目遣いに武甲帝を見る。

髭《ひげ》を生やした美丈夫である。身体が光を遮っているからか口元が暗く影となっているように見えた。座っているため身長は分からないが、それでも良い体格をしていて、筋肉質の引き締まった肉付きなのは明らかである。

どことなく、癸《キ》氏と似ているように思う。昼に会った彼と夜に会った皇帝では印象も全く違うが、少なくとも体格は同じくらいではある。

それとも単に瓏帝国の男性を見る機会がまだ少なすぎるせいで、似ているように思えるだけだろうか？

朱妃がそのようなことを考えていると武甲帝が口を開く。

「他、何かあるか」

言いたいことは山ほどある。だが口にするには明らかに不敬なこともあろう。

はっと気付く。この部屋は宦官らに監視されている。あるいはそれ以外にも秘された護衛や隠密など朱妃には見えず聞こえぬ者らも控えているやもしれぬ。

癸氏は現在の窮状《きゅうじょう》を皇帝に伝えよと言っていた。皇帝は味方である、あるいは味方となり得るのかもしれない。だが、宦官らはどうか？

宦官らから女官や皇后殿下の耳に入ることはないのであろうか？

「これ以上、この場で申せる儀はございません」

皇帝の目が笑みに弧を描くのを感じた。

すると皇帝はやおら立ち上がると、軽々と彼女の身体を抱きあげて、寝床に押し倒した。

「きゃっ」

と思わず朱妃の唇から悲鳴が漏れた。

武甲帝は寝床に仰向けに倒れた朱妃《しゅひ》にのしかかるように身を預け、彼女を抱きしめる。

朱妃は男の身体の重みと、服越しに硬く力強い筋肉の感触を覚えた。耳元に寄せられた唇から、低く小さい声が朱妃の鼓膜を震わせる。

「ここでの話は全て、外に待機する宦官らに聞かれている」

やはり。そう思った。武甲帝が笑ったような気配を頭上に感じる。

「それに自ずから気付くのは良い」

朱妃は不敬と思いつつも言葉では返答せず、小さく頷くに留めた。

武甲帝のどこか冷たい掌が朱妃の頬を撫でる。

「ロプノールの姫よ。遠き異国へと嫁ぎ色々と不便もあろう。それを語るが良い」

「……癸昭大人からも、窮状を皇帝陛下にお伝えせよと言われていました。ご存じだったのでしょうか」

「あやつは朕の腹心よ」

直接的な回答ではなかったが、その言葉は納得がいく話であるように感じられた。

「それでは……」

朱妃が自らの状況について話そうとした時である。部屋の外から宦官の、男性よりも少し高い大きな声が発せられた。

「畏れ多くも皇帝陛下へ言上仕ります！　今のなされようは交合《こうごう》の儀に反するお振る舞いであると！」

何が問題なのか、と朱妃は思う。

龍床は広く、部屋もまたさらに広い。部屋の外に待機する宦官らに皇帝と朱妃の声が聞こえているとは流石に思えない。

「すまんな」

武甲帝は立ち上がり寝台から下りると、やおら服を脱ぎ始める。当代随一の武人であるという彼の身体は引き締まったものであった。

脱いだ服を無造作に放ると、寝台の上に再び乗った。

見てはいけないと思いつつも、朱妃は彼の身体から視線を外すことができない。

「どうした」

「海参が……」

そう言えば皇帝は呵々《かか》と笑う。

「あれは海の生き物だ。これとは違う」

武甲帝は朱妃の身体を再び抱きしめ、そう囁いた。朱妃よりも体温が低いのか、肌は冷たく感じた。ただその下から熱が湧き上がるようである。

皇帝は続ける。

「宦官があぁ言ったのは、服を纏って横臥してはならぬからだ。だがその真意は皇帝と妃嬪はこの部屋で話をしてはならぬことになっているからよ。妃嬪から皇帝に余計な奏上などさせぬようにな」

「だ、抱きながらお話しされても、構わないのですよ」

「声が震えているぞ、無理するな。どのみち、先ほど言った通りだ。朕が爾を愛することはない」

朱妃はその言葉に疑問を覚える。

殿方に抱かれることに恐れがないとは確かに言えない。あの海参的逸物をこの身に受け入れるのかと。だがそれこそが妃嬪の仕事なのだ。

逆に言えば愛などなくても女を抱くのは皇帝の仕事だろう。

なぜこうして抱くことを拒むのか。また単に横になって話をすることが宦官らに疑念を抱かせるなら、抱いた上で話した方が良いのではないかと。

朱妃は考えるが、皇帝に話せと再び促されたため思考は中断した。

そうして朱妃が紫微城《しびじょう》に入ってからの話を伝えることとなった。

「ふぅむ」

話が一段落したところで皇帝はそう唸った。

「爾には迷惑を掛けるが、もう暫しその状態を続けさせよ」

「……御意にございます」

「驚かんのだな」

朱妃は頷く。癸氏が皇帝陛下側の陣営であるとして、後宮の不正をなんとかするのであれば、ここは泳がせておくべきだろうと考えただけである。

「無論、爾にできるだけ危険が及ばぬようにはしよう」

「有り難き幸せ」

朱妃の額に柔らかいものが押し当てられた。それが唇であると気付き、朱妃は赤面する。

「良い女だ」

「お時間にございます！　お時間にございます！」

突如、部屋の外から声が響いた。先ほどの宦官のものである。

朱妃がこの部屋に入ってから一刻ほどは経ったであろうか。いや、それとも話しているだけと見越して短くされたのだろうか。

「ふん、無粋なものだ」

そう言いながら武甲帝は身を起こす。彼はその黒々とした瞳を朱妃に向けて言う。

「朱緋蘭よ。また呼ぶこともあるであろう」

「はい……」

そう答えた朱妃に向けて彼は笑みを浮かべてみせた。そして部屋の入り口に向けて声を放つ。

「入れ！」

頭を垂れた宦官らが部屋に入り、龍床の足元の方で跪く。

武甲帝が頷けば、彼らの数名は皇帝に衣を羽織らせ、別のものが朱妃に裘《けごろも》を羽織らせる。貂《テン》の毛皮のみで仕立てた滑らかな肌触りの衣であった。その裾は長く、足元まで隠れるものである。

「宮へと連れていくが良い」

「是！」

宦官らが朱妃を抱え上げた。

あー……またか。と朱妃は思う。

朱妃がそっと溜息を一つつくと、それが合図というわけでもないだろうが、宦官が彼女の身体に触る。朱妃をここに連れてくる時も見た顔の、敬事房の宦官が彼女の身体を持ち上げた。

そうして朱妃は再びその身体を抱え上げられて、乾坤殿《けんこんでん》を後にして永福宮《えいふくきゅう》に運ばれていくのであった。

武甲皇帝陛下の夜伽の相手を務める。実際に交合することはなかったにせよ、初対面の皇帝に抱かれねばならないという重圧。そして宦官らに裸身を晒さねばならないという恥辱。

朱妃は精神的に疲労困憊《ひろうこんぱい》し、敬事房の宦官に運ばれながらぐったりとしていた。それが隙といえば隙であったのかもしれない。

朱妃ははっと気付く。

まだ後宮に不慣れであるが、それでも分かる。行きと道が違う。これは永福宮への帰り道ではない。

「何処へ」

そう言うが、宦官らは答えない。

「何処へ向かっているのです！」

その身を運ばれ、全身を揺すられながらでは大声を出すことすら難しい。悲鳴を上げようと思えば顎を押さえられる。

空気に夜の冷たさと、悪臭が交じるようになった。

朱妃は頭の中で地図を描く。おそらく向かっているのは後宮の北西。そう思えば今、闇に浮かんで見えるのは西八宮《せいはっきゅう》だろうか。

後宮入りの際に、嘲りの言葉と馬糞を投げつけられたところである。

朱妃は気付く、悪臭は糞尿の臭いであると。それに加え、死臭が漂っている。

路上にぽつんと人が倒れている。朱妃の目が驚愕に開いた。

それは痩《や》せて襤褸《ぼろ》を纏った少年の宦官であった。冷たい石畳の上にある彼の身体は微動だにしていない。

「痛っ！」

どさり、と朱妃の身体が後宮の端、外壁のそばに落とされた。

壁には瑠璃色や黄色に焼かれた七宝《しっぽう》を配して描かれた何匹もの龍が躍る。

その絢爛たる美しさと、死体の転がったまま放置されている醜悪さに眩暈《めまい》すら感じた。

思わず痛いとは言ったが、尻から落とされているしそこまで痛みがあったわけではない。だが突然のことで驚きがそう言わせたのだった。何があったかと朱妃が見上げれば、彼女を抱えていた宦官らが朱妃の翠の瞳を覗き込むかのように顔を寄せていた。

ひょろっとした髭の上で、口が動く。

「妃よ。陛下に何を吹き込んだ」

宦官らは交互に言う。

「乾坤殿《けんこんでん》にて妃嬪らが陛下に話をすることは許されておらぬ」

「女が政治に関わらぬよう、世を乱さぬようにな」

「うむ。外戚どもがのさばらぬように」

なるほど、言い分自体は分かると朱妃は思う。

傾国傾城《けいこくけいせい》。女が政治に口出しをし、世が乱れ国が亡くなった例は枚挙にいとまがない。王妃の一族が宮廷を、政治を牛耳るという話もよく聞く。幼き王を擁立《ようりつ》し、その摂政《せっしょう》などとして実質的な最高権力者になるなどと。

そして宦官とはそもそも外戚を排する働きがある。つまり、彼らは子を為せぬために外戚とは無縁だからである。

「随分と無礼な言葉を放つものですね」

朱妃はそう言った。

彼らの言葉はおためごかしにすぎない。後宮に入って二日目の朱妃にすら分かること。尚宮が皇后と同じ辛《シン》姓であることを考えれば、既に外戚は権力を握っているし、宦官らが握った権力を減じないようにそう言っているにすぎないのだ。

案の定、彼らは馬鹿にしたような視線で朱妃を見下ろす。

「妃と上位の妃嬪であるから自惚れているか？　妃嬪如き、それも夷狄の者が我らに逆らえると思わぬことだな」

朱妃が疎まれた姫であったことを彼らが知らぬとしても、生国ロプノールは遥か遠い。助力がこの後宮に及ばぬのは事実である。

「然り。貴妃であろうとも我らの助力なければ生活もできぬし、陛下に呼ばれることもないのだ」

なるほど、後宮の女たちの生活は宦官らの働きあってのことであろう。だが朱妃にとって笑ってしまうことでもある。

「ふふ」

「何がおかしい？」

「確かにそれは正しいのでしょう。でも本宮がこの後宮に入った日、本宮の生活を支えるべき宦官は誰一人いなかったわ。その不手際を皇帝陛下にお伝えしていたの」

「貴様！」

宦官は声を荒らげる。

「何を怒るの？　ただ事実を伝えただけだわ」

「それは我らの管轄ではない！」

確かにそうであろう。後宮の宦官は万を超える。その中にはそこで屍を晒すような最下層の者も、皇帝の側に侍《はべ》るような高位の者もいる。

宦官は無数の部署に分かれ、確かに今朱妃を問い詰める彼らと、永福宮《えいふくきゆう》にて朱妃に仕えるはずであった宦官に関係はないだろう。

「敬事房でしたか？　それを責めたわけではありませんわ」

朱妃はそう言うが、彼らの怒りは収まらない。

「妃よ。図に乗るなよ。陛下にそう告げればまず責められるは陛下の近くにお控えする敬事太監様であることくらい考えよ」

宦官がそう言った時であった。

彼らの背後から新たな声がかけられる。

「図に乗っているのは貴様らだ、宦官ども」

ぐっ、と正面の宦官がくぐもった声が漏らした。

月光に照らされ、彼の喉から銀色のものが突き出しているのが朱妃の目に映る。

それは刃であった。宦官は何が起きたか分からぬと困惑を表情に浮かべて喉に手を当てようとする。

しかし刃は触れられる前に引き抜かれ、宦官は喉から奇妙な音を立てながら横に倒れた。

赤く、生暖かい液体が朱妃の裸身を濡らした。

「なっ！　ひ、ひいっ！」

もう一人の宦官が悲鳴をあげつつ地面に尻をつく。

瞼譜《リャンプー》、即ち仮面を被った男であった。

身の丈六尺、堂々たる体軀《たいく》の上の顔は黒白の隈取《くまどり》がなされた紅面であった。異邦人である朱妃ですらその物語を読んだことがある、古代中原の英雄を模した伝統の意匠《デザイン》の面である。

演劇であれば見得を切る場面であろうが、男はただぽつりと闇に言葉を落とす。

「妃を脅す権限が宦官ら如きにあるとでも？」

「け、敬事房太監様に逆らうか！」

仮面の男は冷笑した。

「それはお前の上司であり、俺の上司ではない。そしてお前が太監に泣きつく機会などもはやない」

宦官は地面を後退りながら言う。

「ええい、貴様！　貴様っ！　宦官ではないな？　男が後宮に入るのも、後宮で刃を持つのも禁じられている！　罰が下るぞ！」

後宮では料理人を除き、刃を持つことは許可されない。后妃らの護衛ですら宦官たちが務め、その得物は棒である。

「そうだな。俺は罪を犯している。だがそれは貴様もだ」

妃を宮に返すべきところをこうして暗がりに連れ込むことが、正しき行いであるはずはない。

白刃が闇に円弧の軌跡を描き、宦官の首が落ちた。力なく胴が倒れ、地面に紅が広がっていく。

目の前で二人の命があっけなく奪われたことに朱妃が呆然としていると、地面を靴が叩く音が聞こえた。

男が朱妃の前に立ったのだ。

朱妃の前の白刃から血が垂れる。そして朱妃ははっと気づく。

それは刀ではなく剣であった。片刃ではなく諸刃《もろは》、その剣身は弧を描かず直だったのである。

剣は身分卑しき者の兵器ではない。武神が創造し、その手にあったとされる剣は、古代では王のみが持つことを許されていた時代もあるほどだ。

瓏《ロウ》帝国においては流石にそこまでではなく、官僚らの腰には剣がある。だがそれはあくまで象徴的なものであり、それが抜かれることはない。

それは彼らが文官であるからでもあるが、剣を扱う者がいないということでもある。剣を武術として扱う、剣術を知る者がいないということだ。

「あ……」

しかしこの男は剣をただ振ったのではない。そこには明らかな武の理《ことわり》があった。素人が剣を振って首を断てるはずがないのだ。

朱妃は慌てて居住まいを正し、跪拝した。

「皇帝陛下に在らせられましょうや」

頭上より咳払いが一つ。

「いや。面を上げなさい」

朱妃はゆっくりと顔を上げる。

「では、癸昭大人でございましょうや?」

仮面の下だからか、何らかの技術で声色《こわいろ》を変じているのか。似ているように思うが確信は持てない。だがその体格や、朱妃を守ろうとする人物を考えれば、その二人かそれに命じられた者しかあり得ないだろうと思う。そして刀ではなく剣を扱うとなれば部下とも考え難い。

朱妃が見つめれば、仮面の男は少し動揺しているようにも見える。

「……我は聖君《せいくん》としておいてくれ」

男はその仮面が模した英雄の神格化された名を告げた。

朱妃は場違いにも思わずくすりと笑い、頭を下げた。

「では偉大なる聖君様。我が身を救っていただき、恐悦至極にございます」

「ん、うむ。先ほども言ったが礼はもう良い」

男はそう言うと剣を懐より取り出した布で拭って鞘に収めた。

朱妃の身がぶるりと震える。秋の夜に屋外で全裸である。そして地面に座っていれば体温が奪われるのも当然であった。

男は裘を拾い上げると、朱妃の身体に羽織らせた。

「立てるか？」

朱妃はゆっくりと立ち上がる。だがその足は素足である。男は僅かに嘆息し、朱妃の膝裏に手を差し込んだ。

「失礼」

朱妃の視界がぐるりと動く。

朱妃は背中と膝裏で支えられて男に抱き上げられているのだ。男の体幹は小揺るぎもしない。男は女一人を抱えているとは思えぬしっかりとした足取りで歩き始める。

「揺れるぞ、首に手を回せ」

朱妃はおずおずとした動きで男に抱きついた。

すると強く抱きしめられたかと思うと、衝撃が身体を襲った。

「きゃっ！」

男は朱妃を抱えたまま、猿《ましら》の如く、壁の飾りを足場にして壁の上へと刹那のうちに登ったのである。

甍を踏む男の胸の中、朱妃がちらと目を向ければ、紫微城《しびじょう》の外の堀の水面に月が映るのが見える。城の内、さっきまでいた場所には元から転がっていた幼い宦官の死体の横に、血を撒き散らした二人の宦官の死体が転がっていた。

そして後宮の角の向こうから手灯籠の明かりが近づいてきていた。後宮の夜警の巡回であろうか。男がこれに気づき、壁を登ったのは明らかであった。

「移動するぞ、静かにな」

男は朱妃の耳元で囁くように言い、朱妃が頷くのを見て壁の上を音もなく走り始めた。

その場を離れた直後、背後から宦官らの悲鳴が聞こえた。

こうして朱妃は抱え上げられたまま、屋根や壁の上を伝って永福宮《えいふくきゅう》へと戻ったのである。

仮面の男に抱きかかえられて、朱妃は永福宮の門前に降り立つ。

体術の極みか、あるいは神仙の技か。音をたてることなく、また朱妃にほとんど衝撃が伝わらないように壁の上から石畳にふわりと飛び降りた。

永福宮の門前に番人として立つ内僕の宦官らは一瞬呆然とした様子を見せながらも、慌てて男に棒を突きつけて誰何する。

「止まれ！　何奴だ!?」

朱妃もまた慌てて答える。

「ほ、本宮です。朱緋蘭ですわ！」

「おお、朱妃様！　……しかしそちらは？　敬事房の宦官には見えませんが」

朱妃はちらりと自分を抱き上げている男を見上げた。紅の瞼譜を被った、おそらくは癸氏であろう男。

「えっとぉ……聖君です。私の、命の恩人ですわ。武器を下ろしなさい」

番人らはあからさまな偽名に一瞬困惑を顔に浮かべながらも、手にした棒を下ろした。

「聖君ですか……確かにその瞼譜はそのものですが。しかし命の恩人とは。敬事房の者はどうされました」

「皇帝陛下のもとからの帰り道、彼らに襲われたのです」

「なんと！」

「敬事房の者らに襲われる直前、こちらの聖君に救っていただきました」

番人の宦官らも敬事房の悪辣さに顔を顰めた。

それは有名である。後宮における公然の秘密と言っても良い。

敬事房の太監が、皇帝の晩膳の後に、妃嬪らの名の書かれた木片を銀の盆に載せて現れ、皇帝が返した木片の名の妃嬪が伽の相手を務めるということは朱妃も雨雨から教わった。

これを膳牌《ぜんはい》というが、これについて朱妃は気付いていないことがある。後宮の妃嬪の人数は数百、場合によっては千を超え、決してその全てを盆に載せられるはずがないということだ。

つまり、最終的に膳牌で伽の相手を選ぶのは皇帝陛下その人であるにせよ、数百の妃嬪から銀盆に載る十人程度を選ぶのは敬事房の宦官らの胸先三寸なのである。

そこで自分の名を盆に載せてもらうために賄賂《わいろ》が横行する。とはいえ瓏《ロウ》は、いや中原は古来より賄賂の横行する文化である。妃嬪らから敬事房の太監らに袖の下が贈られているだけなら悪辣とまでは言われまい。

お前の名を盆に載せぬぞと宦官が妃嬪を脅迫して賄賂や便宜を強要したり、肉体関係を迫るのが悪辣なのだ。

ちなみに男の象徴を切り取っている宦官だが、これにより獣欲が失われることはまずないのである。

「もし、朱妃様がお戻りですか？」

羅羅の声であった。門での騒ぎが聞こえたのだろう。宮の中から様子を窺いに来たようである。

「羅羅、ここよ」

朱妃は答える。思ったより元気そうな声に安堵したのか、羅羅は小走りに近寄り……。

「ひえぇっ！」

そして悲鳴を上げた。倒れそうになり、番人に支えられる。

闇に浮かぶ紅の瞼譜を見て驚愕したのだろう。

「では達者でな」

そう言いながら聖君は身を屈めた。朱妃を地に下ろすべく。

朱妃は聖君の袖をきゅっと握った。

「せめて些少なりとも感謝の気持ちを受けていただけませぬか」

「義により為したのみ、礼など不要である」

武勇に長け、義を重んじたとされる聖君である。男は演劇などでよく使われる聖君の台詞で言葉を返した。

朱妃は笑う。

「聖君ともあろう方が女《おなご》を門から宮まで裸足で歩かせはしないでしょう」

男は嘆息し、立ち上がった。そして朱妃を抱え直すと、すたすたと永福宮《えいふくきゅう》の正房へと歩み始めた。

羅羅たちはその後を追う。

正房の前には雨雨がいて、主人の帰りを拱手して迎えた。

「朱妃様、お帰りなさいませ。そしてお客人、朱妃様をお連れくださったこと感謝いたします」

男は、うむ、と唸るように答えて正房に歩む。そして絨毯《じゅうたん》の上に朱妃をそっと立たせた。

柔らかい毛が足裏を包み込むように支えるも、朱妃は足腰に力が入らなかった。慌てて駆け寄った羅羅と男にそれぞれ手を取られ、なんとか転倒はせずに済んだという有様だ。

「御免なさいね。今宵は色々なことがありすぎました……」

「朱妃様、血の臭いが強く」

「破瓜《はか》や怪我ではない。返り血だ」

聖君の言葉に羅羅も雨雨も困惑と心配を顔に浮かべた。雨雨が顎に手を当て、少し考えてから言う。

「朱妃様、お風呂を温めてあります。羅羅さんの介添でお入りくださいませ。そしてお客様、せめてものおもてなしに茶を供しますのでお付き合いいただけますね？」

朱妃は雨雨の身体から立ち上る怒気を感じる。朱妃はそこにかつて一度見た小熊猫《レッサーパンダ》が立ち上がり、威嚇の姿勢《ポーズ》をとっているところを幻視した。

つまり、あまり怖くはないということだ。

だが聖君なる男は殊勝《しゅしょう》に頭を下げて言った。

「茶をいただきましょう」

そういうことになった。

朱妃は数刻前に入ったばかりの金に輝く風呂場へと向かう。

そこで羅羅に今日の顚末を話しながら返り血を落とし、そして湯船に浸かっているうちに疲労が襲ってきたのか眠ってしまったらしい。

気づいた時には朝日が僅かに差し込む寝室で、羅羅と雨雨と並んで寝床に横たわっていたのであった。

枕元には黒く艶やかな鱗のダーダーの姿。朱妃の身動ぎに合わせて目を覚ましたのか、舌をちろりと出して小さく鳴いた。

「きー」

朱妃はその背を指で撫でながら呟く。

「あの後、どうなったのかしら」

夜明けの寝室に、朱妃の声がぽつりと響いた。

閑話3　聖君、雨雨と話す。

朱妃《しゅひ》は羅羅《ララ》と共に浴室へと向かった。永福宮《えいふくきゅう》の玄関には雨雨《ユユ》と聖君《せいくん》を名乗る瞼譜の男が残る。

とはいえ雨雨はその正体を知っているが。

風呂からは「しゅしゅしゅ朱妃様、血が！」とか「ええ、だから返り血だから大丈夫よ」などと声が響く。

「こちらにどうぞお掛けください、すぐにお茶をお淹れいたしますから」

一方で雨雨は瞼譜の男を隣室の卓に誘《いざな》った。元より、朱妃が戻ってきた時のために湯や茶、軽食の用意はしてあったのだ。

「癸昭《キショウ》様、いや聖君様、ふふ」

彼女は名を呼びながら思わずといったように笑みを溢《こぼ》した。

男は椅子に腰掛けながら溜息を一つ。

「お前に聖君と呼ばれるのもな」

男が顔に手をやってひと撫ですると、赤を基調とした瞼譜はたちまちのうちに掻き消え、癸《キ》氏の精悍な顔が現れた。仮面早替わりの秘術が如き技である。

雨雨は手元の器に茶を注いで癸氏の前に置くと、彼に尋ねる。

「して、如何いたしましたか」

癸氏は茶を喫《きっ》しつつ、敬事房《けいじぼう》の宦官《かんがん》らが朱妃を襲おうとしていた旨について話す。自分が彼らを斬り殺し、朱妃をここまで抱えてきたことを。

話が一段落すると、雨雨は拱手《きょうしゅ》して深々と腰を折った。

「癸昭様、我が主人をお助けくださいましたこと、心より感謝いたします」

「うむ。まあ在下《ざいか》に……俺にとっても彼女は守るべき者であるからな」

癸氏にとって今回遠方より後宮《こうきゅう》に集めた四人の妃嬪《ひひん》は、辛《シン》氏の、あるいは辛《シン》・慈《ツィー》太皇太后《たいこうたいごう》の影響下にない貴重な手駒である。

そして朱妃はその中でも待望の、その身に火を強く宿した姫であった。

癸氏が自ら護りに行くのも当然と言える。

だが、それにしても雨雨の言葉である。癸氏は雨雨が再び注いだ茶を口に運びつつ、笑みを浮かべた。

「我が部下たる雨雨よ。お前が朱妃のことを主人と呼ぶとはな。彼女に仕えるべき価値を見出したか」

雨雨は以前より癸氏に仕える女官であった。御座船《ござぶね》の茶の席では　その場にいた女官を朱妃の教育係に回したような口調であったが、あくまでもそう見せただけである。

あの場にいた兵や宦官らに間諜が紛《まぎ》れてないとは言えぬために。実際のところ、雨雨は癸氏にとって信用できる手駒であった。

今も書面上は癸氏のところから出向している、要は朱妃に貸している扱いである彼女だ。それが癸氏に対して、朱妃を我が主人と言うとは。

雨雨もまた笑みを浮かべて答える。

「朱妃様に中原《ちゅうげん》の后妃《こうひ》や公主《こうしゅ》、貴人として求められる資質はないでしょうね」

彼女は敢えてそう言った。

「む？」

「自ら手を動かすことは貴人として相応しくはありません」

貴人とは命ずるものであって、自らなにかを為すことは貴人としての資質を疑われるのである。

例えば手にしたものを落とした時、それを自ら拾うだけで馬鹿にされるということだ。

洋の東西を問わずこういった文化はあるが、瓏《ロウ》の宮中にはその傾向が強かった。

朱妃は今回、女官や宦官ら仕える者らのいない生活を強要されたせいもあるが、竈《かまど》に火をつけ、食事を作り、木に水をやるなど、自ら動く姿勢を見せた。さすがに保存食作りは雨雨がやめさせたが。これはそもそもロプノールでも冷遇されていたがため、自ら動くことが染み付いているといえる。

雨雨は朱妃の永福宮《えいふくきゅう》での行動を癸氏に伝えた。

「ふむ。確かにな」

癸氏もまた彼女を御座船の時から観察しているが、その傾向は見てとれた。

高位の軍人の家門に嫁いだりそこに生まれた娘などは、いざという時のため護身や自ら厨《くりや》に立つ訓練もすることがあるというが、確かにそれらは后妃や公主のすべき動きではない。

しかし雨雨は続ける。

「ですが朱妃様には徳《とく》があります」

「なるほど……なるほどな。徳か」

いわゆる五徳。仁、義、礼、智、信は尊ばれるものであり、徳高き者を君子という。皇帝すら君子たるべきとされるものであるが、奴婢《ぬひ》に傅《かしず》かれる様に徳はあろうか？

今の瓏の貴人らのうちに、あるいは宮中の役人、宦官、女官らのうちにそれらはどれだけ見られようか。

雨雨が朱妃にそれを見出したというなら、それはまた価値あることであろう。

「蓮華之君子者也《はすははなのくんしなるものなり》」

癸氏は古き詩の一節を詠んだ。

「ええ、朱妃様には後宮なる泥中に咲く清廉なる華であり続けてほしいものです」

二人は笑みを交わした。

「きゃあ！」

風呂の方から羅羅の悲鳴が聞こえる。

「朱妃様！　お風呂の中で眠らないでくださいませ！　朱妃様！」

「すー………」

「ああ、お疲れでしょうけど、それでは溺れてしまいます！」

癸氏が顔に手をやると、再びその顔は赤の瞼譜で覆われた。

「雨雨よ、朱妃《しゅひ》の身体を拭い布で隠しておけ。俺が寝床まで運ぼう」

まあ隠せといっても、癸氏は先ほど朱妃の裸身を目にしているのであるが。

「御意。ありがとうございます」

そうして癸氏は朱妃を抱き上げて浴室より寝床まで運び、永福宮《えいふくきゅう》を後にしたのであった。

警備の宦官らに見つからないよう、屋根の瓦の上や木々を伝って。

そうして夜は更けていった。

シュヘラ姫の物語　九歳の追憶

――七年前、ロプノール王国。


砂漠と交易の国、ロプノール王国の王都クロライナは砂漠と荒野の合間にぽつんと浮かぶオアシスの隣に築かれた街である。

王都の街並みや宮殿は夕陽に照らされ、砂色の城壁が赤く染まる時刻。

オアシスの水に囲まれたロプノールの王宮たるクヴァーニ宮殿の片隅に位置する部屋にて、一人の少女が夕餉《ゆうげ》を口にしている。

部屋は王宮の一室にしては閑散としている。背後に侍女を控えさせているからには貴人であると分かる。だがただ一人、黙々と食事をする様はまるで幽閉されているかのようだ。

部屋の扉が開け放たれた。入ってきたのは食事を配膳する役職の使用人の女である。彼女は食事を終えた少女の手元にある食器を見て、眉をぴくりと跳ね上げて、正面の少女に問う。

「あらシュヘラ姫様、なぜ今日のお食事、こちらの羊肉の皿は残されたのですか？　お気に召されませんでしたでしょうか？」

「うん……」

　シュヘラ姫と呼ばれた少女は弱々しい声で頷いた。

　彼女に供された食事は綺麗に、野菜屑一つ残さぬよう平らげられていた。ただ一品、主菜である羊肉の炒め物《ソテー》を除いて。

「手もつけられておりませんが、一口だけでも召し上がりませんか？」

　シュヘラは首を横に振る。

「いい、いらない」

「そうですか。では下げてしまいますからね！」

　そう言って下女は声に怒りを滲ませて食器を部屋から下げた。

　部屋から彼女が出ていき、足音が聞こえなくなったところでシュヘラは溜息を一つ吐いた。

「シュヘラ様……」

　シュヘラの背後に控えていた侍女がそう声をかけながら、ことり、と机に茶器を置いた。満たされているのは茶に乳《ミルク》や砂糖、肉桂《シナモン》などで味を整えたチャイであった。

　供したのはシュヘラ専属である唯一の侍女、ロウラである。

「ロウラ、ありがと」

　シュヘラはチャイを手にして礼を口にする。茶を口に運べば、温かい甘さが口内に広がっていく。

「体調が悪うございますか？」

「そうじゃないの」

言葉は続かなかった。ロウラは続けて問う。

「ご心配ごとがおありですか？」

「ううん」

しかしシュヘラは首を横に振る。そして夕暮れの窓の外に視線をやった。

では何であるというのか。

ここ暫くの間、シュヘラが夕飯を必ず一品手を付けずに残しているのだ。

ロウラはシュヘラが生まれてすぐの頃から彼女に仕え続けている。それでも幼き主人の心が分からない時がある。

それを知りたい・知るべきとは思う。だがシュヘラが生まれてすぐの頃から仕える近しい関係であるとはいえ、無理に問いただすのもまた良くはないだろうと彼女は考えている。

ロウラは黙って彼女の視線の先を見た。

番《つがい》の鳥が、星の瞬き始めた空を横切って行った。


さて、シュヘラ姫と呼ばれていた彼女こそシュヘラ・ロプノールである。ロプノールというその苗字や姫という呼称が示す通り、ここ砂漠のオアシスの国、ロプノール王国の直系の王族である。

現国王、ホータン・ロプノールの三女であり齢《よわい》は九つ。

丁子《ちょうじ》色の肌はまろやかで、柘榴《ざくろ》色の髪は赤く燃えるよう、翡翠《ひすい》の瞳はこの国において貴重で尊ばれる新緑のよう。

将来美しくなることを確信させる整った顔立ちの姫であり、そうでなくとも九歳といえば一般的にも可愛い盛りであろう。

だが、彼女の身体は同年代の少女にしては小柄で痩せており、頬は僅かに窶《やつ》れを感じさせる。

さらに、王宮にて彼女の住まうこの部屋は宮殿の外れにして、その内装は質素な物であった。

ロプノールは大国ではないにしろオアシスと塩田を有するため、砂漠を行く者が必ず立ち寄る交易都市国家である。クヴァーニ宮は数多の交易品で飾られているのだ。東は瓏《ロウ》帝国の絹織物や陶器、北方の遊牧民の毛織物、西方の硝子製品などなど。

だがシュヘラの住まう部屋にはそれら宝物《ほうもつ》などなにひとつ存在しない。

王女の部屋であるというのに絵や器は飾られず、衣装棚には錦の衣装もない。

彼女が纏う装束もまた華美ではなく、貴金属や貴石の装飾品も身につけてない。ただ、強いて言えばその衣の布の質や仕立てに関しては、平民では手に入れようもないものであり、王家の姫の普段着には相応しいものではあるのかもしれなかった。

翌朝のことである。シュヘラが寝起きの支度を終え、糸と針、布を取り出して窓際にて刺繍をしていると、彼女のお腹がぐうと鳴った。

「おなかすいた……」

彼女は昨日の夕飯の主菜であった炒めた羊肉に全く手をつけていない。流石に朝になれば腹も減ると言うものだ。

シュヘラは知っている。実のところ、ここしばらく夕餉の一品に悪いものが混じっているのだと。毒というほど強く身体を害するものではないかもしれないが、最初のときシュヘラは気付かずそれを食べてしまい、腹を下したのだった。

「もう直ぐ朝食のお時間ですよ」

ロウラが言う。

「ん……」

赤い糸を白い布地に刺しながらシュヘラは頷く。拙い手付きながら、図案化された花の紋様が布には描かれつつあった。

再び小さくお腹が鳴る。

「夕飯をちゃんとお食べにならないからですよ」

ロウラは思わずそう続けた。

「うん……」

気のない返事が返る。

「飴でも舐めますか?」

ロウラはそう言いながら懐から鼈甲《べっこう》色に輝く欠片を取り出した。その言葉にシュヘラの顔が勢いよく跳ね上がる。

「なめ……! ない」

しかしシュヘラは再び俯き、手元の針に目を向けた。

あれはロウラのものである。シュヘラの王女としての予算より与えられているものではない。

ロウラはシュヘラの手元が狂わぬようにそっと肩に抱きついた。

「良いのですよ。シュヘラ様」

「ううぅ……」

糖や蜜を使った菓子はこのロプノールにおいて決して安価なものではない。とはいえ十歳過ぎから宮殿で働き始め、もうじき二十歳になるロウラにとって買えぬようなものでもない。

主人であるシュヘラは冷遇されている王女であるとして、与えられた恩を返せぬと思っているのだろう。可愛いものである。

「はい、あーん」

唇の端に餡を押し当てれば、小さな口がゆっくりとそれを迎え入れた。

不満げな顔を作っていたシュヘラの顔が、口内の幸福に思わずといった様子で綻ぶ。

しばしシュヘラは口をもごもごと動かし、ロウラの手を取って抱き寄せるように耳元で囁いた。

「あのね、ロウラ」

「はい。シュヘラ様」

「あの羊肉はわるくなっていたの」

「なるほど……」

悪くなっていたなら手を付けぬのは当然だ。一瞬そう納得しかけて、直ぐにロウラの脳内は怒りで満たされた。

「よもや、毎晩ですか!?」

ロウラの声が思わず跳ね、シュヘラは唇の前に指を一本立てて頷いた。

彼女は毎晩一品残す。つまり毎晩悪くなっているものを一品供され続けている。そういうことだ。

「王族には毒になれさせるために毒を少しずつ食べさせるというやり方を聞いたことがあるわ。はじめ、それをされたのかと思ったの」

その行為にどの程度の効果があるのかは不明だが、洋の東西を問わず、そのような事例は数多い。

ロウラは頷く。

「お父上であるホータン様の王命で毒を摂取させられているということでしょうか」

「そう。そうかもしれなかったから、ロウラにそれをつたえられなかったの」

「そんな……水臭いことを仰らないで下さい」

そう言いつつもロウラは幼きシュヘラの優しさと思慮深さに驚嘆する。ロウラがもし彼女の食物に毒が盛られていると訴えた時、それが王命によるものであったとしたら彼女が処されてしまうだろう。

「でもちがうと分かったから」

「それは何故です?」

「毒になれさせるためなら食べものに虫のしがいなどをいれる必要はないわ」

つまり料理人や配膳の使用人にシュヘラに悪意持つ人物がいるということになる。ロウラは自分の顔から血の気が引いていくのを感じた。

「やはり私が毒味をすべきでは……！」

ロウラが言い、シュヘラは首を横に振る。実のところこれは以前もやったやりとりではあった。

「ダメよ。わたしが倒れるより、ロウラが倒れた方がわたしはこまってしまうもの」

王家の姫に専属の侍女がたったの一人である。使用人たちも食事を持ってくるなどはするが、シュヘラの身の回りの世話はしない。万一ロウラが倒れるようなことがあったらシュヘラの生活は非常に苦しくなるだろうことは間違いない。それはシュヘラ自身が倒れる以上にである。

「しかし……」

「大丈夫よ。わるくなったものを食べてはいない。そうでしょう？」

確かにシュヘラは一月ほど前に一度体調を崩し、それ以来夕餉の一品を残すようになった。そしてそれから体調を崩してはいない。ロウラはそう思い至る。

「シュヘラ様、朝食をお持ちいたしました！」

その時、扉の外から声が掛けられた。

朝食を配膳する使用人である。

シュヘラは頷き、ロウラにその対応を促した。

ロウラは部屋の入り口へと向かい、使用人とともに卓に食事を並べながら考える。シュヘラが残すのは夕餉のみ。朝昼の食事には悪いものが混ざってはおらず、夕餉を担当する者の中にシュヘラに悪意ある者がいるということかと。

「シュヘラ様を呪われた子と見下す者が多すぎる……」

ロウラは呟いた。

食事の中のどれに悪いものが混ざっているのかをシュヘラが分かるのか。ロウラはそれについても尋ねるべきであったが気付かなかった。

彼女の意識は過去の記憶に、八年前の事件へと飛んでいたからである。


視界が紅に染まり、肌は熱に炙られる。

燃えている。

クヴァーニ宮殿の最奥、ミーラン王妃の部屋が。

宮殿は土と石造りである。延焼こそまずしないだろうが、貴重な木材を使った木目美しき箪笥も、飾られていた巨匠の絵画も、無数の色糸を織り合わせ、贅を凝らした衣装も炎に巻かれていく。

兵たちや女官たちが廊下や隣室から絨毯などの可燃物を急ぎ遠ざけている。

そして炎の側に立つ高貴な装いの女性と、それに抱きつくようにして押さえ込もうとする女官らの姿。

「中にまだわたしの子が！　……シュヘラが！」

ミーラン王妃の悲痛な叫びが耳を打った。

ロウラははっと周囲を見渡し、普段シュヘラ姫を抱く女官の手に、彼女の姿がないのに気付いた。

「シュヘラ様が……！」

ロウラは当時まだ十歳ほどで、一年前に産まれたばかりのシュヘラ王女のおしめを洗うため、最下級の使用人として雇われたのであった。

洗い場から戻って来たらこの騒ぎだったのである。

ロウラは下級の使用人であり、本来であればミーラン王妃やシュヘラ姫に近づけるような立場ではない。

だが、まだ小さい子供のようなロウラの姿は珍しいのか、シュヘラの方から「あぶー」と謎の声を発して呼び寄せようとし、王妃や周囲の女官たちもそう言う時は優しく手招きして、シュヘラがロウラの指や袖を握ったり、話しかけるのを笑って見ているのであった。

「シュヘラ様！」

ロウラもまた叫んだ。声を発すれば熱と共に息苦しさを感じる。

兵たちがオアシスから水を汲んで掛けるが、火の勢いは収まらない。

「何の騒ぎだ！」

近衛を従え、ホータン王がこの場に現れる。王妃は彼にしがみつくように訴えた、

「ああ、あなた！　シュヘラが、シュヘラが中に！」

「何だと！」

ホータン王は炎を睨んだ。炎はますます勢いを増しているように見え、誰もが手出しするのをこまねいていた。

「……あぶー」

ロウラの耳が聞き慣れた声を捉えた。

「シュヘラ様!?　シュヘラ様のお声が！」

その言葉に誰もが耳を澄ませば、炎の起こす風の音に混じって、ぺたぺたと床を叩く微かな音。

紅蓮の渦の下に動く影が見える。

シュヘラ姫が最近できるようになったはいはいで、手と膝を床についてこちらに向かってきているのだ。

彼女の身体には火傷一つなく、柘榴色の髪も燃えることなく、翡翠の瞳は艶《つや》やかであった。

「ああ、シュヘラ！」

ミーラン王妃が駆け寄ろうとして侍女に抑えられる。兵士が自らの身体を炎に晒してシュヘラ姫の身体を掬い上げて、彼女を王妃に渡した。

王妃がシュヘラ姫を抱き上げ、神への感謝を口にした。

「良かった……！」

そうロウラも口にした。

安堵の溜息、神への感謝の祈り。だがそれらはこの場の半数にも満たなかった。

「あの炎に巻かれて無傷だと……？」

誰かの声がぽつりと響いた。

宮廷の王族や兵士に女官らの多くが集まる場所で。

「あり得ない……」

残る半数以上の者の思いはこれであった。

彼らも慌ててシュヘラ姫の無事を喜んでみせる。だが、その負の思いは深く残された。

そしてこのあとの八年間のうちに、さらに二度シュヘラ姫の部屋で火事が起きた。そのどちらでもシュヘラ姫が無事に、いや無傷で火の中から救出された。その時、彼女は両親を含む誰からも火に呪われていると思われ、罪人を幽閉されるかのように隔離されるようになったのである。

ロプノールは砂漠の国である。昼は暑くとも夜は冷える。

当然、シュヘラのいる部屋にも暖炉はある。以前に彼女の部屋で火事があったために、薪や火付用の小枝である柴《しば》の量はずいぶんと減っている。

本来ならもっと夜遅く、寒くなる時間に使うべきであろう。だがシュヘラは夕刻、陽が落ちかけている時間に慣れた手つきで暖炉に火を入れた。

燧石《すいせき》を鋼に一打ちすれば、飛び出た火花は柴に移り火種となる。ちょっと揺すれば火は大きくなり、暖炉に置くと火は薪へと燃え移っていった。

「きー」

微かに何かを擦るような鳴き声が部屋の隅からシュヘラの耳に届く。

「ふふ」

シュヘラは笑みを浮かべ、燧石を元の位置に戻して部屋の隅に向けて手招きする。

「ダーダー、おいで」

そう呼ばれてあらわれたのは小さな蜥蜴《とかげ》。熾火《おきび》が如き赤を内包した黒い鱗に覆われ、細く長い尻尾がくるんと巻いた、身の丈が二寸ばかりの小さな蜥蜴だ。

尖った顎からちろりと橙色の舌が覗き、数珠玉《ビーズ》のように小さくて艶やかに輝く目は黄色に縦割れの瞳孔《どうこう》。

ダーダーと呼ばれた蜥蜴は、床からシュヘラの差し出した指、掌へと登っていく。

シュヘラはダーダーを肩に乗せて暖炉の炎がぱちぱちと爆ぜるのを見つめる。

ダーダーはぺたぺたと四肢を動かし、シュヘラの首から顎、頬と顔を登っていき、頬に張り付くように止まった。彼女と同じ位置から炎にじっと視線をやる。翡翠と数珠玉の瞳が並んだ。

炎と占術は実のところ親和性が高い。

東方では亀卜《きぼく》や骨卜《こつぼく》と言い、熱した炭を亀の腹甲や鹿の肩甲骨に押し付け、その割れ目の形状で占うという。

西方では炎で溶かした金属を落とし、その形で占うというものもある。

そうでなくとも火の中に姿を幻視するなどの占いは一般的だ。

シュヘラが今しているのもそれである。

炎から炎へ、部屋の中の暖炉の火から、銀の燭台《しょくだい》の蠟燭《ろうそく》へ、厨房の竈《かまど》へ。

シュヘラの視界は炎から炎を通じて移動し、そしてあるひと所で止まる。

廊下にある灯火の下にて話す使用人たちの姿が焦点を結び、言葉が聞こえる。

『ねえ、なんであの王女、昨日も羊肉食べなかったのよ』

『偶然じゃないのか？』

『でも一口も食べなかったのよ』

『腐ってるのに気づかれたのでは？』

『匂いは香草で全然分からないようになってたんだけど……』

『今日は？』

『山羊乳のスープの中に腹下しの毒草を……』

シュヘラとダーダーは彼らの顔を見、言葉を聞いた。

シュヘラが意識を散らすと、火は何も映さず、ぱちぱちと薪が爆ぜる音を響かせるのみとなった。

「……だってさ」

「きー」

当然その夜、シュヘラは山羊乳のスープには手をつけなかったのである。


「虫ー」

「きー」

シュヘラが虫のいるところを指差せば、ダーダーがかさかさと足を動かしてそちら へ向かう。

「ばったー」

「きー」

王宮の端に追いやられているということは、庭が近いということでもある。庭といっても美しき花々の庭園すらある城の正面とは異なる城の裏手で、あまり整備はされていない。オアシスから流れる水路の一部と、その周りに草花が生えているような場所である。

だがそれ故にシュヘラが隠れて遊ぶにはちょうど良かった。

シュヘラが侍女のロウラ一人だけを付けられて放置されても笑顔を失わずに済んでいるのは、ダーダーという蜥蜴の存在と、この庭があるおかげと言えよう。

「ぴょん」

シュヘラが飛蝗《ばった》を捕まえようとして逃げられ、ダーダーが飛び掛かる。ばたばたと争い、ダーダーが飛蝗を押さえつけはしたが、食べるには大きすぎたようだ。そのまま逃した。

もう少し小さい獲物を狙うようだ。

「んー、はえ！」

「きー」

ダーダーはぱくりと器用に羽虫を口に収める。

ロウラは今、ここにはいない。彼女はほぼ休みなどなくシュヘラに付き従ってくれてはいるが、それでもシュヘラの側を離れざるを得ない時間も当然あるのだ。

「……あ」

水路の側の細い幹の木々の合間に女の人影が覗いた。シュヘラはこちらをじっと見つめるその瞳に昏い炎を感じる。

シュヘラは溜息を一つ。ダーダーを地面に残したまま立ち上がった。

「えっと……。お姉さん、そろそろやめませんか」

びくり、と女官の肩が揺れる。

それはシュヘラに夕餉を供する者であった。ロウラよりは少し歳上だろうか。だがまだ二十歳には満たぬ若い女官だ。

「何を……」

「とぼけてもむだ。そうでしょう？」

彼女らがシュヘラの食事に悪いものを混入させている。殺すような毒ではないかもしれないがそれは明らかな罪である。

「わ、私がやったなどという証拠はないはずよ」

その言い方からして自供しているようなものであるが、確かに彼女のいう通り、彼女がシュヘラに毒を盛ったという証拠はない。

しかしシュヘラは首を傾げた。

「しょうこ」

「ええ、ひ、あなたの料理に悪くなったものが混入していたのでしょう？　でもそれは私のせいではないわ！」

証拠。確かにシュヘラは悪くなった食材や虫や毒草の混入した食べ物を証拠として保存してはいない。しかし、なぜそのようなものが必要になると思っているのか。王族が平民を処罰するのに、証拠が必要になるとでも彼女は考えているのだろうか。証拠など対等なもの同士の話し合いにおいて初めて必要となるものだ。

シュヘラはそう考え、ああ、と思い至る。

──つまりわたしを見下しているから。

冷遇されているシュヘラが自分と対等か自分より下回るとでも思っているのだろう。

「……わたしはあなたにそれほど嫌われることをしましたか？」

彼女の顔が激昂に赤くなる。

「あたしの兄は、あんたの起こした火事で怪我をして仕事をやめさせられた！」

なるほど。シュヘラは納得した。

可哀想な人。申し訳ないと思う気持ちもある。だがそれでも彼女は矛盾しているし、彼女の行為は許されることではない。

「なぜ自分はしょうこがないから罰せられないと思っていて、火事をおこしたしょうこもない他人を罰してよいと思っているのでしょうね」

「あなたの部屋が燃えたのでしょう！」

「それはわたしが火をつけたからだとあなたは見たのですか？　お兄さまがそう言ったのですか？」

女官は沈黙した。

そう、そんなはずはないのだ。シュヘラが何度も部屋に火をつけたというなら、流石にいくら王女とはいえ生かされてはいまい。

「けいこくはしましたよ。さ、ダーダー行きましょう」

「きー」

シュヘラは足元の蜥蜴を掬い上げると、部屋へと戻った。

それから数日の間、食事に異物などが混ざることはなかった。

『なあ、今日はどの食べ物に入れた？』

『……入れてないわよ』

シュヘラは炎の中に女官らの姿を見、声を聞く。前に見た時にも女官はこの男の使用人と話をしていた。

『おいおい、やめるのか？』

『あの子、どうせ食べないじゃない』

『食べなくてもいいんだよ。食事に毒が入れられていれば精神的にも負担がくるだろう？』

シュヘラは男についても調べている。あれはシュヘラの母であるミーラン妃とは別の妃に仕える者。

つまり、妃同士の争い、あるいは王子・王女間での嫌がらせでもあるということだ。

『……バレるわよ』

『呪われ姫の言葉なんて誰も気にも止めないさ。逆に考えろよ。今まで全く問題になってないんだぜ。あいつの言葉なんて無視されてるのさ』

それはシュヘラが報告していないからである。つい先日やっとロウラにのみ伝えたばかりだ。しかしそれを彼が知るはずもない。

『兄貴が怪我させられて、シュヘラ姫を憎んでいるんじゃないのか?』

女官はそれには答えなかった。

『今度、臭いも味もないって噂の腹下しの薬でも持ってくるぜ』

男はそう言って彼女の腰に手を回してからその場を去っていった。

「……だってさ」

「きー」

「……なんたること」

シュヘラは炎による幻視の占いをロウラにも見せた。

数日後、再び食事に薬や悪くなったものが混ざるようになり、シュヘラは嘆息した。


それから少しして、ロプノールの王宮は歓喜に沸いた。

妃の一人が無事に子を産んだからだ。それは男の子で、健康であり利発そうであるという。

シュヘラは腹違いの弟となるその子をまだ見ていないが、今日は王子が産まれてから一月でそのお披露目の日であった。シュヘラもまた祝宴に向かうべく、侍女のロウラに着飾らせてもらっているところである。

「服がちゃんと用意されていて、ようございました」

ロウラは言う。シュヘラの部屋には服がほとんど置かれていない。今回の祝宴に際し、部屋に届けられたのだ。

白の麻地に平糸の絹で色鮮やかな刺繍の施された逸品である。

まあ、刺繍の紋様に見覚えがあるので姉のお下がりであるのは間違いないだろう。

黄金の首飾り《ネックレス》を身につけ、唇にちょんと紅をのせられたシュヘラはくるりとその場で回ってみせた。

「どうかしら」

「お美しゅうございますわ」

「きー」

机の上のダーダーまで同意するように鳴き、シュヘラははにかむような笑みを浮かべた。


「乾杯！」

大広間にて皆が杯を掲げ、それを飲み干す。

上座には王と、産まれて一月となる王子、その母である妃の一人が座る。

広間には全ての王族が集まり、また高位の貴族や将などが招かれていた。そして華やかな装いと黄金の輝きの合間を縫うようにして働く使用人たち。

シュヘラも会場にいる。彼女の存在を表立って非難するような者はいない。ただし王族の中でも末席で、遠巻きにされていることは感じる。

しかしシュヘラは動く。父たる王のところへ。

もちろん隣の赤子を見るため、王や妃に寿《ことほ》ぎを述べるためにその周囲は人々に囲まれている。だがシュヘラが近づくと、ぎょっと退くような者も多かった。さして待つこともなく、シュヘラは王の前へ。

シュヘラが正面に立った時、妙な沈黙と困惑がその場におきた。シュヘラは今までこういった場で前に出ることはなかったからである。

「父たるホータン・ロプノール陛下にもうしあげます」

シュヘラは上座に位置する父に向かい礼をとる。

「ふむ、シュヘラか。何であるか」

「新たな王子の生まれた喜びを、一つの器にて分かち合いたいと思います」

彼女は手にした杯を掲げる。

彼女の手にする器には白い液体が満たされている。乳酒《にゅうしゅ》であった。

馬や牛、羊などの乳を発酵させたもので、酒精は低く栄養価が高く、酒というよりは健康飲料という扱いのものである。

ここロプノールでは酒を飲む年齢に関する法などないが、蒸留酒など酒精の強いものは成人していないと飲めないとする一方で、乳酒は子供でも飲めるとする習慣があった。

それこそ、赤子の口に乳酒を含ませて健やかな成長を願う風習すらあるのである。

「おお、良いとも」

ロプノールでは一つの器の酒や食事を分かち合うことで喜びを共にするという文化がある。シュヘラはそれを王にもちかけたのだ。

ホータン王は笑みを浮かべた。シュヘラは父が自分を冷遇すれども、人前で邪険には扱うことはないと知っている。

「では、王子の健やかなる成長を願って」

そう言ってシュヘラは器を口にし、仰ぐように乳酒を半分を飲んだ。そして父の横に控える毒味に差し出す。

毒味が器を受け取った時、シュヘラはちらと振り返った。人ごみに紛れて姿は見えないが、シュヘラに乳酒を渡した使用人の青褪める顔が見えた気がした。

毒味の顔が強張る。口元を手で隠しながら、近くに置かれた壺を手に取り、口に含んだ乳酒をそこに吐き出した。

「王よ、この乳酒は毒にございます」

毒味がそう言い放つと、祝宴の場は騒然とした。

そしてシュヘラはその場で膝をついた。彼女はそれを飲んでいるのである。

「侍医を呼べ！　毒を吐かせよ！」

王が叫ぶ。

シュヘラは顔を青褪めさせながらもしっかりと広間に通る声で言う。

「ここ数ヶ月のはなしです。わたしの食事に毒をもり、あるいはくさり悪くなったものを出すようになったのは陛下のごめいれいによるものでしょうか？」

「……何だと？」

「汝の食事に毒が盛られているというのか！」

「はい」

医官がシュヘラに薬を飲ませた。胃がびくりと痙攣《けいれん》し、今飲んだものを器に吐かせる。

シュヘラはこれが死ぬような毒ではないと分かっている。ちょっと気分が悪くなったりふらついたりする程度のものであると。

乾杯の場で飲まぬ非礼か、体調を崩させるか。彼らにとってはどちらでも良いのだ。今それを露見させた。

「ここで騒ぎを起こしたのはわざとか」

王は問い、シュヘラは軽く頷いた。

炎を覗いた時に男が言っていたように、表の場で言わなければ自分の言葉が無視されるのではないか。そう思ったためでもあった。

ホータン王は立ち上がり、剣を抜いて命じた。

「使用人らを捕らえよ！」

数日後のことである。シュヘラは謁見の間に呼び出されていた。

この間に、シュヘラの食事には毒味役がつけられ、護衛が増やされるなど、少々の待遇が改善した。それでも部屋などが変わったわけではないが。

玉座の王が言う。

「シュヘラよ、調査の結果だが。料理人、あるいは使用人の一部が汝の食事に毒を飼っていたのは事実であった」

「はい」

「尋問にて奴らはそう証言した。今は牢に繋いである。シュヘラよ、汝が望む処罰はあるか」

シュヘラはしばし考えるように沈黙し、頭を下げて口を開く。

「私は毒を一度も口にしてはおりません。刑のげんめんは願えましょうか」

しかし王はにべもなく言った。

「罪を一等減じるまでは許そう。だが免除はあり得ぬ」

「は……」

その言葉はシュヘラにも理解できる。例えば父である王に毒や腐った食事が供されたとする。その場合、その食事を王が口にしなくとも料理人や配膳した者の首が飛ぶであろう。

王の毒殺を防ぐために毒味役が置かれているのである。未遂に終わったからといって刑が減じられることはない。当然とも言える。

つまりシュヘラが口にしていないからと言って、王族に毒を盛ったという事実は変わらない。

そしてその罪は一族郎党の死によってのみ贖《あがな》われることを。

シュヘラは理解すると共に憤りも覚えた。

――望むしょばつだなんて……！

つまりこうして王がシュヘラに言わせているのは、完全に形式だけの話だ。

「……罪をおかした者の一族らにとがはあらず。罪をおかした者を砂漠のじひにゆだねていただければと思います」

シュヘラが求めた砂漠の慈悲に委ねるとは追放刑《エグザイル》のことである。

ただしこのロプノールの地における追放刑とは他の場所のそれとは意味が異なる。日光を遮る布もなく、水も持たされずに砂漠に追放された者は、乾きにより日没を待たず死を迎えるからであり、実質的な死刑である。だが、その死は大いなる砂漠の加護により罪が浄化されるとこの地では信じられていて、斬首などによる死よりも慈悲深いとされているのであった。

「良いだろう」

シュヘラは深く礼をとる。

あるいは王はシュヘラに断罪させることにより、恨みの矛先を彼女で留めて自身や他の王族に向かないようにしたと考えられるかもしれない。

彼らは死を賜るほどの罪を犯した。だが、その家族や友はそれに納得がいくであろうか。中には恨みを持つ者も出てこよう。

——はいぜんの女官、その兄や家族はわたしをうらむでしょうか。

ただ、シュヘラはそのことについてはもはや気にしないと決めたのだ。

民の間ではともかく、王侯貴族やそれに仕える使用人たちの間では、火に呪われた姫というシュヘラの悪名は既に広まっているのだから。

ただし……。シュヘラは思う。

父である王たちがシュヘラを王宮の端に追いやり、家具も最小限にした。それはまた彼女の部屋で火事があった時の対処のためでもある。だが、それをきちんと使用人らに説明していないのが問題であると。

故にこうしてシュヘラを蔑ろにして良いと思う者が出る。

火事があったのは事実だ。シュヘラは火に好かれているのかもしれないし、実際に呪われているのかもしれない。だが、王がそれをシュヘラの罪としていない以上、シュヘラに私刑のような真似をして良いはずがなかった。

逆に言えばその説明を怠ったのは王や妃たちの問題である。何となく冷遇し、使用人たちにもそうして良いのかなと思わせた。このまま行けば貴族たちにも波及しただろう。

そもそも以前、シュヘラつきの使用人を減らすにしても、毒味役をシュヘラから外す必要などなかったのだから。

「下がって良い」

王は言い、シュヘラはゆっくりと踵を返す。

謁見の間の扉に近づいた時、背後から声が掛けられた。

「待て」

父の言葉に振り返る。

「そもそもどうやって毒が飼われているのを知った。毒のあるものを必ず食べず、他だけを食べたと捕らえた使用人たちは言う」

　シュヘラは答える。

「炎をのぞけば、その中に人のすがたが見え、声が聞こえるのです」

「何だと……？」

　王は玉座より腰を浮かせ、困惑した声を上げる。

「料理にくさったものを入れているすがたが見え、わるだくみの話をしているのが聞こえるのです。炎のゆらめきの中に」

　王は玉座に腰を下ろし、深く深く溜息を吐いた。沈黙が謁見の間の隅々にまで染み渡る頃、王は重々しく口を開いた。

「ホータン・ロプノールの名において命ず。シュヘラよ、以後は炎を覗き込むのはやめよ」

「……かしこまりましてございます」

　シュヘラは深く頭を下げ、そして再び振り返って謁見の間を後にした。

　衛兵たちの手により、重々しい音を立てて扉が閉ざされる。

「姫様っ！」

　ロウラが駆け寄ってくる。謁見の間には彼女は入れなかったのだ。それでもすぐ側で待機してくれたのだとシュヘラは思う。

「ありがとう、待たせちゃったわね」

「そんなの良いのですよ、姫様！」

ロウラはシュヘラの手を引きながら廊下を進む。

ロウラの袖口から黒い蜥蜴がするすると現れ、シュヘラの肩口へと飛び移った。

「ふふ、ダーダーもいっしょに来てくれたのね。ありがとう」

人気《ひとけ》のない回廊を並んで歩きながら、ロウラはシュヘラの耳元で囁くように尋ねた。

「陛下はなんと」

「お父様はわたしに火をのぞくのはやめるようにと」

「そんな……それのお陰でシュヘラ様は助かったのでは！」

「お父様の言葉、よく分かりはするの。だってわたしは今までに三度火事をおこしているのだから」

シュヘラが火事の原因なのかは彼女自身もロウラにも分からない。シュヘラが火をつけたわけではないのだ。だが、この十年、クヴァーニ宮殿で起きた火事は、彼女がいる部屋で起きた三回のみであるのも間違いないことだった。

「こんな力……さいしょからなければ良かったのに……」

シュヘラの翡翠の瞳が盛り上がり、頬を涙が伝った。

「きー」

ダーダーがシュヘラの襟元で慰めるように小さく鳴き、ロウラは袖でシュヘラの涙を押さえる。

シュヘラはその身に流れる巫覡の血を嫌った。

そして巫覡の血は、シュヘラのその願いを叶えた。

シュヘラの火の力が自身の火の力を抑制し、そして記憶も封じた。

彼女は火の中に景色や人の姿を見ることはなくなり、そして火を覗き込むこともしなくなったのである。

こうして、ただ燧石による火付けの技が優れるだけの少女が残った。

彼女に流れる巫覡《ふげき》の血の力が再び解放されるのは、それより七年の時が過ぎて後。

シュヘラ・ロプノールが朱緋蘭《ジューフェイラン》と名を変え、遥か東の彼方にある瓏帝国の後宮に、皇帝の妃として嫁いでからのことであった。

あとがき

本の袖にも書きましたが、５月末にうっかり死にかけた件。

時期的には拙作、『追放された公爵令嬢、ヴィルヘルミーナが幸せになるまで。』の発売直前ですね。あれのサイン色紙キャンペーンなどがありましたが、病院の集中治療室で手に管が沢山刺さった状態で書いてました。

ある夜、急にお腹、胃のそばが痛くなって横になったんですが、尋常じゃない痛さだったんですよ。すぐに救急車呼んで、待ってる間に汗びっしょりになるくらい。

ちょっと痛みが治まった隙に、着替えて家の前で救急車待ってたんです。

救急車に乗って横になると激痛が胸の中央に移動しまして。痛みでのたうち回るとかおそらく人生で初めての経験でしたね。

大動脈解離でした。大動脈の血管の内側にヒビが入るやつ。

普通は胸から裂けるんですが、私のは珍しく腹から胸に向かって裂けたようで。まあ、ヒビが心臓に達したり、血管が外側まで裂けたら大手術だったり死んだりするやつなので、そこは運が良かったかな。

んでしばらく入院だったり、退院後も一度救急車で病院戻ったりと不調が続いていて、最近やっと元気を取り戻してきたぞ的な。

みなさんも健康には注意してね！

入院して良かったこと？

５kg以上痩せたね！

改めましてこんにちは、ただのぎょーです。本書、『朱太后秘録』のご購入ありがとうございます。

病気のせいで本書は八月発売だったのを一月遅らせて九月発売にしてもらったのです。編集様、イラストレーター様、校正様その他関係者各位、ご迷惑をおかけしました。

読者の皆様もネット上で八月発売の予約などが出ていた時期があるようで、誤報となり申し訳ありません。小説家になろうの読者様も連載が長期休止してしまい申し訳ありませんでした。

そんな中でもみなさまのあたたかい応援に支えられてこの作品は完成しています。心からの感謝を。

さて、本書のイラストレーター、おの秋人様につきましては、ご多忙の中、こんなにも素晴らしいイラストを描いてくださいましたことに感激しております。

かわいい！　特にダーダーが蜥蜴かわいいやったー！

あと今回は特に校正様ですね。読んでの通りめちゃくちゃルビの多い作品ですので、これチェックするの大変だったと思います……。

お手数をおかけいたしました。ありがとうございます。次巻が出たらまた宜しくお願いします。

こんなところでしょうか。

それでは皆様、二巻でお会いできることを願って。

ただのぎょー

はじめまして
挿画担当のおの秋人です。

ただのぎょー先生の描かれる
キャラクター達が大変魅力的で
脳内で沢山動き回ってくれたお陰で
楽しく描くことができました。
少しでも花を添えられていたら幸いです。

作画面ではシュヘラの民族衣装の
カラー設定もあったりするのでどこかで
お披露目できたらいいなぁと思っていたり…

それではまたお目にかかれたら幸いです！

学校の教師をしていたアオイは異世界に転移した。
森の賢者に拾われて魔術を教わると
あっという間にマスターしたため、
さらに研究するよう薦められて
世界最大の魔術学院に教師として入ることに。
しかし、学院には権力をかさに着る
貴族の問題児がはびこっていた――
異世界転移して
教師になったが、
魔女と
恐れられている件
井上みつる
Illustration 鈴ノ
1〜4巻
好評発売中!
特集
ページ
はこちら!
EARTH STAR
LUNA

王族相手に保護者面談!?
木刀で生徒にタイマン指導!?
最強の新人女教師が
魔術学院のしがらみを
ぶち壊す!?

EARTH STAR
LUNA

朱太后秘録 ①
私が妃だなんて聞いてませんが！

発行 —— 2023年9月1日 初版第1刷発行

著者 —— ただのぎょー

イラストレーター —— おの秋人

装丁デザイン —— 村田慧太朗（VOLARE inc.）

発行者 —— 幕内和博

編集 —— 筒井さやか

発行所 —— 株式会社アース・スター エンターテイメント
〒141-0021 東京都品川区上大崎3-1-1
目黒セントラルスクエア 7F
TEL：03-5561-7630
FAX：03-5561-7632
https://www.es-luna.jp

印刷・製本 —— 中央精版印刷株式会社

ISBN 978-4-8030-1815-8